KB107636

헤아림의 조각들

헤아림의 조각들

임지은 산문집

안온

차례

1부 여전히 좋아하지만

2부 우리가 최선을 다해볼 미래

1부

여전히 좋아하지만

여전히 좋아하지만

.

　한때 사람들은 발톱이 길어지면 신문을 폈다. 그 위에 발을 올려놓고 또각또각 발톱을 깎기 위해서. 발밑에 깔린 신문 대부분은 지하철역 안팎의 다이(아빠는 매점이나 신문판매대를 그렇게 불렀다)에서 판매하는 거라고 아빠는 자부하듯 말했다. 아빠 말대로 사람들은 '다이'에서 신문을 샀다. 지금처럼 편의점이 많지 않았고 종이 신문이 잘나가던 시절이었다. 당시 정부에서는 노인과 장애인 등 사회적 소외 계층에게 지하철역 신문판매대나 음료 자판기, 매점 등의 운영권을 우선해 나눠주었다. 그렇다고 해도 지하철역에서 그들을 마주하기는 어려웠던

9

걸 생각해보면, 좋은 취지에 비해 그에 필요한 노동 환경이나 강도는 제대로 계산되지 않은 정책이었던 셈이다. 그들 대부분은 장애나 고령 등의 이유로 직접 운영이 어려웠고, 물품 업체에 운영권을 헐값에 팔거나 판매 대금 중 일정 금액을 받는 식으로 위탁 운영을 할 수밖에 없었다.

그렇게 지하철을 통해 주어진 복지는 잘게 쪼개져 여러 사람의 생계에 미약하게나마 뿌리내렸다. 그중 몇 뿌리는 우리 집과 이어졌다. 집안의 어른들은 1990년대부터 2000년대 초중반까지 여러 형태로 지하철에서 일했다. 아빠는 지하철에서 신문을 판매하는 한국어린이재단에서, 할머니는 동대문역의 신문판매대에서 일하는 식이었다. 덕분에 어린 시절부터 혼자 지하철을 타고 도시락 심부름을 다녔다. 지하철 문에 비친 어린 내 모습이 기억난다. 무언가 책임을 졌다는 사실에 묘하게 들떠 있던 그 애를 떠올리면, 동대문역의 낡은 타일 빛깔부터 순환되지 않는 텁텁한 공기, 동전의 쇠 맛과 신문 특유의 냄새가 눈앞에 나타나는 것만 같다. 화장실 간 할머니를 대신해 어린 나 혼자 다이 너머에 앉아 있을 때의 자랑스러움. 어쩌다 내가 판 신문과 그 값으로 받은 동전의 무게. 철로에 열차가 들어오면 벽쪽으로 납작하게 붙어 살아남는 상상. 괜히 맡아본 공중전화 수화기의 침 냄새. 반갑게 인사하던 역장 아저씨를 뒤로한 채 숱하게 저지른 무임승차. 차창 밖 터널처럼 내 손을 까맣게 만들던 지하철의 쇠붙이들. 자주 거쳐 다녔던, 지금도 읊을 수 있는 4호선 정거장의 이름들……

　　동생과 내가 퍽 자란 뒤에는 엄마도 위탁받은 매점에서 일하기 시작했다. 당시 중학생이던 나는 하교 후 가끔 엄마를 보러 갔다. 매일 첫차를 타러 나가 막차를 타고 돌아오는 엄마가 보고 싶어서였다. 한참 지하철을 타고 가서 높은 계단을 오르면 한 평 남짓한 매점이 나왔다. 복권과 신문판매대와 매점이 지금 같은 통합판매대로 바뀌기 전이다. 옛 매점은 사람 하나 앉아 있기도 비좁아서, 나는 매점 바깥 간이 의자에 앉아 떠들거나 새콤달콤을 축냈다. 엄마는 매점을 두고 사람이 있을 곳이 아니라고 투덜거렸다. 딸을 보고서야 오래 참은 오줌을 싸러 화장실로 달려가던 엄마의 뒷모습과 다시 몸을 구기며 매점으로 들어가던 옆모습이 선하다. 듣기로 매점의 주인은 시흥에 사는 할아버지 할머니였다. 주인 어르신들이 거동이 많이 불편하시다고, 몸이 불편하면 누구라도 들여다봐야 한다고, 그 시절 엄마는 계좌이체를 하는 대신 직접 현금을 뽑아서, 가끔 주전부리나 이야깃거리도 함께 챙겨서 매달 시흥까지 다녀왔다. 그때 엄마는 그 모든 일이 가능할 만큼 씩씩했지만, 해도 없고 공기도 좋지 않은 매점에 종일 앉아 있는 엄마를 보며 내 안엔 걱정이 조금 자라났던 것도 같다. 이렇게 지내다간 엄마의 몸도 구겨지다 못해 거동이 불편해지진 않을까, 하는 그런 걱정.

열차를 타러 내려가다 뒤를 돌아보면 엄마는 작게 난 창으로 손을 흔들어주었다. 유심히 보지 않으면 보이지 않을 정도로 작았던 그 모습이 어쩐지 속상해서 나는 재빨리 계단을 내려갔다. 그즈음엔 지하철을 타는 게 더는 신나지 않았다. 차창에 비치는 내 키가 한 뼘 더 커 보였다.

가족들이 지하철에서 멀어진 게 언제였더라. 아빠의 백화점 택배 일이, 허리가 망가진 할머니의 휴식이, 엄마의 식당 일이 모두 어딘가로 떠밀리듯 일어났다는 것만은 기억난다. 광화문역이었나, 내가 고등학생이던 때 지하철 역에 처음으로 편의점이 들어섰고 식당을 다니던 엄마가 뉴스를 보며 누군가의 생존을 걱정하던 것도 기억난다. 이제 지하철역에 편의점이 들어서면 그 사람들은 어떡해. 엄마는 시흥을 오가던 때에도 이미 매점에 수익이라 할 만한 건 거의 없었다고 했다. 위탁 운영이 공공연했는데도, 뒤늦게 직계가족 외 매점 운영이 불법인 걸 지적하는 건 그 사람들을 내쫓으려는 것으로 보인다고도 했다.

시흥 어르신들은 부탁할 자식도 없어. 집 앞에 나가기도 힘든 양반들더러 거기까지 어떻게 가라는 거야. 엘리베이터 다 설치한다더니 ○○역엔 없잖아. 휠체어 타는 사람들은 또 일하러 어떻게 가라고. 화장실은 또 어쩌고. 나도 참고 참다가 울면서 화장실 갔는데. 뻔히 다 알거나 정말 아무것도 몰라서 벌어지는 일이라고 한숨을 쉬던, 전보다 조금 늙어버린 엄마의 얼굴도 기억난다.

한번은 동대문역에 내렸다가 물끄러미 벽 하나를 바라본 적이 있다. 작은 신문가판대가 있던 벽을. 거기엔 그 안에 앉아 도시락을 먹던 할머니가, 가끔 내가 왔다고 내려와 얼굴을 비추던 아빠와 신문을 배달해주던 아저씨가, 빼곡하게 모인 동전들과 그 돈 중 일부에 기대어 살아가던 사람들이 있었다. 그 모든 생계도 생태계도 이제는 내 기억에만 남아 있다는 듯 벽은 텅 비어 있었다.

2018년 기사에서 서울교통공사가 2020년까지 지하철역 내 모든 매점과 자판기, 그 같은 조례대상시설물을 철거하겠다는 계획을 발표하는 걸 읽었다. 시설 당사자의 의견 반영 없이 진행된 그 계획의 골자는 '승객 공간과 동선 확보를 위한 승강장 비움과 통합'이었다. 지하철 역에 편의점을 도입할 때와 비슷한 방식의 통보였다. 소외 계층을 지원해주겠다는 정책의 시작부터 끝까지, 정작 소외된 사람들은 보이지 않았다.

이후에는 지하철에서 영영 보이지 않게 되어버린 이들을 다룬 기사도 많이 읽었다. 누군가는 철도로 뛰어내려 죽었다. 누군가는 스크린도어를 고치다 죽었다. 누군가는 그저 '이동'하려다가 휠체어 리프트에서 굴러떨어져 죽었다. 그렇게 죽을 수 있는 사람들은 승객으로 존재하지 말라는 듯한 기사도 읽었다. 어떤 기사는 서울교통공사 홍보실 직원의 PPT 문건 제목이 '사회적 약자와의 여론전 맞서기—전국장애인차별철폐연대(전장연) 지하철 시위를 사례로'라는 것도 알려주었다.

그런 걸 읽으면서 나는 동대문역의 빈 벽을, 나의 유년기를, 내 가족의 일터를 떠올리곤 한다. 이제 지하철은 거기 있던 모든 걸 배반하는 공간에 가까운지 모른다.

그래도 여전히 버스보다는 지하철을 좋아한다. 어쩔 수 없이 나를 형성하는 것들의 일부는 지하철에 있다. 가족이 지하철역에서 일한 적이 있어서만은 아니다. 차가 없는 우리 집에서 지하철은 일자리인 동시에 이동 수단이었다. 우리는 지하철을 자주 탔는데 그때마다 나는 꼭 세 칸짜리 노약자석에 눕고 싶다고 떼를 썼다. 작은 내가 누우면 딱 맞을 크기 같았기 때문이다. 그렇지만 다리가 아프다고, 아무도 없다고 징징대도 할머니, 아빠, 엄마 누구도 나를 절대 노약자석에 앉게 하지 않았다. 다리가 아파도 견디는 게 존중이라는 것이었다. 물론 정확히 존중이라는 단어를 쓰지는 않았다. 그들은 신문을 팔면서도 신문처럼 명확한 언어로 말하는 사람들은 아니었으니까. 하지만 같은 이유로, 아직 명확한 언어를 가지기 전의 나는 그들의 말을 더 잘 느낄 수 있었다. 어떤 선행은 강제되어야 하고 어떤 강제는 선행되어야 한다는 걸. 노약자석은 불쌍한 사람이 앉는 곳도 아니고, 다리가 튼튼한 나 같은 사람이 앉는 곳도 아니었다. 그저 당연하게 강제되는 누군가의 몫이었다.

그건 윤리적 가르침이라기보다는 하지 말아야 할 것 혹은 해야 할 것에 대해 내 가족이 어린 내게 길러준 습관에 가깝다. 그리고 요즘 같은 날엔 그런 습관이 내가 골몰하는 어떤 윤리보다도 소중하게 느껴진다. 그 윤리가 여전히 지하철을 좋아하는 이유가 되기도 한다.

목련과 택시

.

목련은 존재감이 큰 꽃이라 그런지 역 근처나 번화가에서는 오히려 잘 보이지 않는다. 그 주변에는 철쭉이나 개나리같이 본래 피어난 자리인 가지에 매달려 비교적 얌전히 시드는 꽃이 대부분이다. 지는 줄도 눈치채지 못하겠는 꽃들. 하지만 우리 집 근처에는 목련이 많다. 목련은 시든다기보다 순식간에 흐드러졌다가 흐트러지면서 자신의 잎을 무너지듯 후두두 흩뿌린다. 가지보다는 땅바닥에서 더 오래 피어 있는 부드럽고 커다란 꽃잎들. 여기 생이 있다면서, 간혹 내 걸음을 미끄러지게 하는 것들. 바닥에 핀 목련의 색이 서서히 땅과 비슷해질

즈음 어김없이 세상은 데워져 있다.

집 앞 화단에 목련 꽃망울이 맺힌 걸 보고 명재한테 전화를 했다. 명재는 나의 할머니다.

할머니, 드디어 여수만큼 날씨가 따뜻해졌어.

명재가 반갑게 전화를 받았다. 매서운 서울의 겨울에 퍽 힘들어하더니만 오늘은 내가 사준 융기모 잠옷 대신 다른 걸 입었다고, 좀 살 거 같다고 했다. 10년 넘게 여수에서 살던 명재는 몇 달 전 서울로 올라와 아빠와 지내고 있다. 여수에는 살림도 복지관도 친구도 있는데 서울에는 뭐가 없다. 움직이기가 힘들어 거의 집에만 있는 명재가 외롭진 않을지, 다시 여수로 가야 하는 건 아닌지, 아빠와 나는 명재 속도 모르고 한동안 걱정했다. 명재는 여수로 돌아가고 싶어 하지 않았다. 여수에서 자기가 혼자 죽은 채로 발견될까 봐 두려웠기 때문이다. 여기저기 아픈 명재는 서울의 큰 병원에 갈 일이 많기도 하다. 그 마저도 아빠의 휴일에나 가능하지만.

아빠가 근무 중일 때 명재의 입에서 피가 나는 일이 있었다. 명재가 먹는 약 때문인지 피가 멈추질 않아서, 가까이 있던 내가 후다닥 카카오 택시를 불러 타고 아빠 집으로 갔다. 그를 데리고 병원으로 가기 위해 다시 택시를 잡기까지 꽤 많은 시간이 걸렸다. 명재는 아주 느리게

17

걸으면서도 숨이 차서 몇 번이고 멈춰 서야 한다. 현관에서 엘리베이터까지 5분은 걸리는 게 명재의 전속력. 부은 폐가 심장을 자꾸 눌러서 그렇다고 했다. 부축하는 내내 그의 몸이 무겁게 느껴졌다. 내게도 무거운 명재의 몸이 그 자신에겐 훨씬 더 무거운 듯했으므로 티 내진 않았다. 티를 안 냈는데도 명재는 계속 미안하다고 했다. 혼자 택시를 잡을까 했는데, 적어도 30분은 서 있어야 택시가 잡힌다고, 너무 춥고 피는 안 멈추고 숨은 차서 어쩔 수 없이 너를 불렀다고 했다. 나는 겁먹은 명재에게 부러 명랑하게 말했다. 할머니, 손녀가 얼마나 쉽고 빠르게 택시를 부르는지 봐. 급하면 손녀 찬스를 쓰는 게 당연하지. 사람이 맘 편히 전화할 곳 하나는 있어야지!

스마트폰으로 달력을 헤아렸다. 명재와 같이 이 추위를 날 수 있을까, 다음 계절을 함께 맞을 수 있을까 궁금해하면서. 나는 서서히 명재와 헤어질 준비를 해왔음에도 그런 생각만으로 쉬이 숨이 가빠온다는 걸 알았다. 역시 티 내진 않았지만.

오래된 사람의 피부를 나무껍질 같다고 말한 이들은 오래된 사람을 만져본 적이 없는 게 아닐까. 내 손 안에 놓인 부드러운 손. 그날 내내 쥐고 있었던 명재의 손은 꼭 봄날의 목련잎 같았다. 그래선지 목련이 움트려는 시기 수화기 너머 들리는 명재의 목소리가 전보다 활기 찼다. 곧 피어날 꽃처럼. 마음이 말랑해져서 나도 통화하는 내내 시답잖고 활기찬 말들을 늘어놓다가 조만간 또 찾아가겠다고 하고 전화를 끊었다. 조만간 가야지. 택시는 빠르지만 비싸니까, 택시비로 차라리 과일과 꽃을 사서, 지하철을 갈아타고, 내려서 도림천을 걷고 또 걸어서 명재에게로 가야지.

그러기 충분할 만큼 이제 참 날이 좋다. 봄이다. 며칠째 창이 큰 단골 카페에 나와 글을 쓴다. 오늘은 일부러 좋아하는 티셔츠를 입었다. 아까 명재와 통화하면서, 나는 날이 좋으면 괜히 좋아하는 옷을 입고 밖으로 기어 나가고 싶어진다고 말했다. 나만 그런 건 아닌 거 같다고도 했다. 내가 사는 곳은 역에서 꽤 떨어져 있는 낡은 아파트로, 평수가 작아서인지 혼자 사는 오래된 사람들이 많다. 이런 날이면 아파트 공터에 색색의 조끼를 입은 할머니들이 하나둘 나와서는, 꽃이 움트는 모양새로 몸을 쪼그린 채 볕을 쬐거나 운동 삼아 근처를 빙글빙글 걷는다. 반대편 임대아파트 공터엔 온갖 휠체어를 탄 할아버지들이 삼삼오오 모여들어 막걸리 아니면 슈퍼 앞 자판기 커피를 마시며 꽃을 구경한다. 보다 보면 다들 다른 때보다는 조금 더 신경을 쓴 차림새라서 웃음이 난다.

그렇게 날이 좋을 때 마주치는 풍경들에 대해 떠들었더니 명재는 나이 들면 볕 한 줌이 귀하다고, 몸이 불편하면 멀리 가긴 어려우니 집 앞이라도 나가야 한다고 호호 웃었다. 그는 모여든 이들이 어쩌면 멀리 가지 못하는 사람들일 수 있다고 생각하는 것 같았다.

지금 앉아 있는 단골 카페는 집에서 길 하나 건너에 있다. 요즘처럼 날이 좋으면 이쪽으로 사람들이 제법 모여든다. 역으로 나가자니 멀고, 그나마 근처 몇 없는 식당이나 편의시설이 모여 있는 블록이라 그렇다. 3년 전까지 동거인은 이 부근 원룸에서 살았다. 나는 주말마다 원룸을 오가며 젊은 사람들이 많은 동네라고만 생각했다. 그 긴 시간 동안 골목에서 마주친 이들은 대부분 또래부터 많아야 중년 정도의 나이대였고 보행에 무리는 없어 보였다. 허리가 많이 굽은 노인이나 휠체어로 이동하는 사람을 보게 된 건 횡단보도 너머로 이사를 오면서부터다. 빨간불이 되었는데도 횡단보도를 미처 다 건너지 못한 노인을 자주 목격하면서부터, 나는 파란불이 점멸하는 동안 횡단보도를 다 건너는 게 불가능한 명재의 전속력을 떠올리곤 한다. 단골 카페 바깥 울퉁불퉁하고 차가 많이 다니는 골목을 응시하면서 명재를 휠체어에

태우거나 부축해 다니는 일의 어려움을 가늠해본다. 고작 횡단보도 하나를 사이에 두고도 봄날의 풍경은 달라진다.

명재에게 말하지는 않았지만, 작년까지 역 근처에서 아르바이트를 했다. 하루는 일하는 시간에 늦을 거 같아 서둘러 나가는데 경비 아저씨와 같은 동에 사는 할머니 한 분이 다급하게 나를 붙잡았다. 아가씨, 택시 좀 불러줘, 나는 아무 생각 없이 카카오 택시를 부르시라 말씀드리려다 경비 아저씨와 할머니의 근심 어린 얼굴과 손에 들린 폴더폰을 보고 멈춰 섰다. 콜택시 번호를 뒤지는 내게 경비 아저씨는 이미 전화해봤는데 다 연결이 되지 않는다고 했다. 그의 말에 할머니가 내 팔을 더 세게 잡았다. 모두 시간이 촉박하구나. 명재같이 굽어 있는 할머니의 몸과 내 팔목에 채워진 시계를 번갈아 내려다보며 나는 어찌할 줄 몰랐다. 저 멀리 택시 승강장에 가보라 할 수도 없는 일이었다. 그의 몸으로는 거기까지 걷기도 어려워 보였다. 나는 오지 않는 택시를 기다리느라 승강장 주변을 오랫동안 서성이는 노인들을 몇 번이나 본 적이 있다. 사람들이 앱으로 택시를 부르게 된 다음부터, 아파트 앞 택시 승강장은 자주 비어 있었다.

늦어서 가봐야 할 거 같아요, 죄송해요. 더 지체했다

가는 아르바이트에 늦을 게 분명해 결국 나는 할머니의 손을 조심스럽게 뗀 채 인사를 하고 냅다 뛰기 시작했다. 코너를 돌면서 힐끗 보니 할머니와 경비 아저씨가 나를 쳐다보고 있었다. 멈추지 않고 달렸다. 공터도, 파란불이 꺼지기 직전 횡단보도도 단번에 건넜다. 속력을 낼수록, 골목과 탄천을 지나 번화가와 역 쪽으로 가까워질수록, 사람들이 점점 많아질수록 그들은 작아져 점이 되다가 끝내 지워졌다.

볕 좋은 날 동네의 풍경 앞에 서면 그날의 달음박질이 떠오른다. 하루하루 축소되는 어떤 세상이 작아지고 점이 되고 그렇게 지워져버릴까 봐 겁이 난다. 몸이 불편하고 오래된 사람들을 마주칠 때마다 어쩔 땐 안도하고 어쩔 땐 숨이 찬다. 명재의 손도 내가 떼어낸 할머니의 손도 꽃같이 부드러워서, 그것이 내 안에서 흐드러질 때마다 나는 그 위로 미끄러진다.

그래서 전화를 걸었다고, 명재에게 이 역시 말하지 않았다. 대신 곧 목련이 피겠다 했다. 그러기 충분할 만큼 이제 날이 참 좋다 말했다.

요즘 나는 이런 것들을 헤아리고 있어

．

고등학교 때였나, 대학교 때였나.

지은아, 너에게 편지를 보내고 싶은데 집 주소 좀 알려줄래?

대충 지어낸 대사지만 너라면 틀림없이 그렇게 물어왔을 거라고, 나는 생각했어. 초등학교 5학년, 같은 반이었던 너는 이미 단정하고 예의 바른 어린이였으니까. 당시 나는 친구들과 피시방과 오락실을 전전하거나 흙먼지 맛이 날 때까지 놀이터에서 뒹구는 걸 즐기는, 한마디로 네 반대편에 서 있는 초등학생이었지. 그런 우리가 어쩌다 친해졌을까 생각해보면 아마 우리 둘 다 맏이이고, 다섯 살 터울인 여동생을 두었고 그 여동생들이 같은 유치원을 다닌다는 우연 때문이었는지도 모르겠다.

어쨌거나 기억 속 너와 나는 괄괄하게 노는 대신 읽은 책이나 지금의 고민, 미래의 모양에 대해 말하는 사이였어. 내가 그런 걸 진지하게 털어놓을 수 있는 사람은 네가 유일했지. 초등학생의 진지함이란 또래조차 놀리거나 깔보는 것이잖아. 그럼에도 우리는 자주 진지했고 그런 진지함은 초등학생치고 퍽 점잖은 네 말투와도 잘 어울렸어. 너는 꼭 잔잔하게 고여 있는 깨끗한 물처럼 말했거든. 그건 네가 조용조용한 성격이거나 그냥 너 자신이 그런 걸 좋아해서인 것도 같았지.

나는 그 물에서 첨벙거리듯 괜히 널 놀렸어. 네가 눈을 흘기거나 얼굴이 빨개져서 웃는 걸 보려고. 야 임지은, 하지 마. 그럴 때 동그랗게 웃는 네 얼굴은 비로소 열두 살 같았는데 말이야. 고백하자면 나는 웃음을 참느라 살짝 끝이 떨리던 네 목소리가 좋았어. 네 고요를 좋아하던 만큼이나 내가 그 고요에 작은 파도를 낼 수 있어서 좋았어.

그 파도를 한참 잊어버리고 살던 어느 날, 갑자기 네가 우리 집 주소를 물어왔어. 그 시기가 헷갈리는 만큼 편지의 내용 역시 뿌옇게 흩어져 있어서 지금으로선 무척 정다운 편지가 서너 번인가 오갔던 것, 네 편지가 꽂힌 우편함 앞에서 우편함의 쓸모란 이런 거구나, 했던 것 정도가 기억날 뿐이야. 곧은 필체로 서걱서걱 종이 위를 채웠을 네 표정이나, 우표를 사서 붙이는 네 손, 아마도 옛 동네의 사거리 횡단보도 앞 우체통에 편지를 넣었을 네 뒷모습을 상상하던 것, 쓰다 보니 너도 나도 뉴에이지 음악을 좋아해서 편지를 뜯으며 S.E.N.S의 〈like a wind〉나 류이치 사카모토의 〈Merry Christmas Mr. Lawrence〉를 찾아 들었던 것도 기억나네.

내 머릿속 너는 생생한 만큼 조금은 희미해져서, 나는 아는 것들만 애써 되새기기도 했어. 윤은 자주 헤어밴드를 했었던 거 같은데. 묶은 머리의 끝이 늘 구불구불했던 거 같은데. 내 동생을 따라 우리 집에 놀러 온 윤의 동생 이마도 꼭 윤의 이마처럼 잔털이 많았던 거 같은데…….

아니야. 실은 아무것도 또렷하지가 않아. 남은 게 희미할수록 기억은 더 자세히 말하려 드니까. 윤아, 나는 내가 남기길 원하는 방식으로 과거를 기억하고 있다고, 늘 그런 생각을 해.

근데…… 왜 편지였어?

비밀이지만 나는 이따금 잠이 오지 않는 밤이면 엄

데이트를 멈춘 지인들의 SNS 계정을 찾아가. 이유는 모르겠어. 그냥 활동이 멈춘 계정을 물끄러미 보다 보면 오히려 그들이 어디선가 풍성한 현재를 살고 있다는 기분이 들고, 그럼 안심이 되면서 잠이 온다. 너 역시 그들 중 하나여서, 얼마 전 나는 오랜만에 네 SNS에 들어가 네가 올해 초 남겼던 짧은 글들을 몰래 읽어보았어. 그러다 문득 왜 하필 편지였는지 궁금해지더라. 성인이 된 네 얼굴을 내가 전혀 모른다는 걸, 초등학교 이후 우리가 한 번도 보지 않았다는 걸 깨달았거든. 너와 내가 꽤 가까운 곳에 살았던 것치고는 좀 늦은 깨달음인 거 같아서 머쓱하네. 고등학교 때까지만 해도 네 집에서 사거리를 건너면 우리 집이 있었고, 그 후 나는 이사를 했지만, 이전 동네에서 그리 멀지 않은 곳으로 갔잖아. 너와 나는 각기 다른 대학을 다녔지만 늘 같은 노선의 지하철을 이용했을 텐데.

한 마디로 네가 편지를 보냈던 시기, 너와 나는 얼마든지 만나려면 만날 수 있었어. 우리는 오랫동안 별 노력을 들이지 않고도 마주할 수 있는 장소에 있었고 서로의 SNS나 전화번호도 알고 있었지.

네 편지는 나와 만나지 않기를 택한 결과가 아니었을까.

너는 지금 내가 너를 비난하거나, 문장만 오고 가는 관계의 얄팍함을 성토하거나, 만남의 당위를 주장하려 든다고 생각할지도 모르겠다. 잘 지내니, 언제 한번 밥 먹자, 대부분의 다정한 연락은 언젠가의 만남을 암묵적으로 전제하곤 하잖아. 보통은 실제 만남이나, 만남에 대한 기대나 약속이 관계를 간직하고 이어나가는 밑바탕이 되니까.

　　하지만 내가 말하고 싶은 건 그런 게 아니야. 저 물음은 오히려 나를 향해 있어. 답해야 할 사람은 다름 아닌 나이기도 해. 저 말이 진실이라면 그 진실은 내게도 해당하지 않겠어? 나 역시 편지를 주고받았을 뿐 단 한 번도 만나자고 하지 않았으니까.

　　며칠 내내 이 문제를 생각하고 있자니 동거인이 의아한 듯 묻더라. "그렇게 다정한 기억을 갖는 건 흔하지 않잖아?" 그 말은 우리가 왜 만나지 않았는지를 에둘러 묻는 것이어서, 나는 원래 완전한 타인보다 애매한 지인과의 관계가 더 어려운 법이지 않냐고 황급히 둘러댔어. 그런 관계는 만남으로 인해 필연적으로 부서지는 게 있다고, 어쩌면 너도 나도 무언가를 보호하려던 거 같기도 하다고 말이야. 막상 대답하고 보니 아주 틀린 말 같지는 않더라. 너와 만나는 걸 상상해보지 않은 건 아니거든.

상상 속에서 만난 우리는 반가워하면서도 어색함에 쩔쩔매. 어떤 거리는 마주해봐야 비로소 실감하게 되고, 우리의 과거와 현재는 생각보다도 더 멀지. 그 간극을 조금이라도 메워보려 나는 앞서 말한 추억들을 쏟아내지만, 잠시 화기애애한 와중에도 침묵이 와락 찾아올 순간을 예감해버려. 때론 현재의 침묵이 지나치게 생생하다는 걸, 그런 침묵 앞에서는 우리가 나눠 가졌던 소중한 무언가조차 파스스 흩어져버린다는 걸 모르지 않는 나이가 되었으니까.

말하자면 내게 상상이란 최악의 시나리오와 동의어 같은 거야. 사람과의 관계가 호락호락하지 않다는 걸 겪어오며 배운 건 이런 식의 시뮬레이션이지. 쓰고 보니 내가 용감함 대신 회피와 방어가 몸에 밴 어른이 되었다는 걸 부정할 수 없겠다는 생각이 든다.

그렇다 해도 두려움이 전부는 아니었어. 있잖아, 그제 읽은 에세이에는 이런 문장이 있었다. "어느 날 우리의 창밖이 무척 온화한 햇살로 반짝이고 있어 아름답다 느낀다면, 우리가 보이는 것 이상을 보고 있다는 뜻이다."*

*   유계영, 《꼭대기의 수줍음》, 민음사, 2021, 10쪽.

나는 물끄러미 그 구절을 읽고 또 읽었어. 이따금 네 계정에 찾아간 건 거기 남아 있는 것들이 무척 아름답게 느껴졌기 때문이기도 하니까 말이야. 오래전 우리가 편지를 주고받았을 때도 그랬어. 다정하지만 문득 낯설게 느껴지는 네 문장에서 나는 여전히 네가 깨끗한 물 같다고, 그러나 전처럼 함부로 첨벙일 수 없겠다고 생각했어. 대신 그렇기에 상상할 수 있었지. 윤은 고요히 그러나 성실히, 얼었다 녹았다, 흐르다 고이기를 거듭해왔구나. 나는 알 수 없는 과정들이 거기 있구나. 그것이 네 문장을 아름답게 만들어주는구나.

하지만 다른 의미로 나는 떨어져 있어서 아름답게 느껴지는 것들에 대해 생각했어. 네가 두 장가량 성실하고 다정하게 적은 편지 덕분에, To와 From 사이에는 물리적으로 꽤 먼 거리가 있었거든. 그 무렵 늘 혼자라고 느꼈던 나는 누군가의 이름과 내 이름이 멀다는 게 처음으로 좋아졌어. 편지가 그렇듯, 이름 사이를 무턱대고 좁히거나 건너뛰었다간 내용도 의미도 없어질 수 있다고 진지하게 생각했지. 알다시피 그런 진지함이란 언제나 또래조차 놀리거나 깔보는 것이었지만, 아마 나는 그래서 혼자였을 수도 있겠지만, 그런 진지함은 꽤 생뚱맞고 퍽 점잖은 네 편지와도 잘 어울렸어.

나는 그 진지함이 무척 좋았나 봐. 그것으로 지켜지는 어떤 것들도 말이야.

뜬금없지만 나이가 더해주는 축복은 유한함을 배운다는 것 같아. 정리정돈과는 영 거리가 멀었던 내가 이제는 공간을 자주 정리한다. 집에 뭘 들일 때마다 영원히 곁에 둘 것을 고르듯 신중을 거듭해. 주어진 공간은 한정되어 있고, 무엇을 어떻게 놓을지 선택하고 정리하지 않으면 삶은 순식간에 비좁아지니까. 그렇다고 유용한 물건만 두진 않아. 이를테면 저쪽 구석에 세워둔 LP는 오래전 돌아가신 동거인의 할아버지 것이지. 이제 누구도 그걸 듣지 않아. 그렇지만 굳이 남겨둔 과거를 볼 때마다, 나는 나로선 알지 못할 그의 할아버지를 생각해. 동거인은 자신의 방식으로 할아버지를 기억하고 있다고, 자그마한 이 공간을 좀더 아름답게 하는 건 그런 거라고.

그래서 우리가 문장으로 남은 것 같다고 말하면 나라는 공간이 얼마나 비좁은지에 대한 고백처럼 들리겠지만…….

그것도 맞겠지.

요즘 나는 이런 것들을 헤아리고 있어.

아무튼, 싫음

．

　서점을 구경하다 책 한 권을 집어 드는데, 건너편에
서 있던 서점 주인이자 작가님께서 머뭇머뭇 말을 건넸다.
　지은 작가님은 그 책, 별로 좋아하지 않으실 것 같
아요.
　나는 책을 살피다 무언가를 깨달았다는 듯 물었다.
　혹시, 좋아하는 걸 행복하고 다정하게 말하는, 많이
따뜻한 책인가요?
　네…….
　아, 그럼 좀…….
　그렇게 좋은 책이라면 나까지 살 수 없지, 하고 책을

내려놓는데 작가님과 눈이 마주쳤고 그 상황이 웃겨서 우리는 와하하 웃었다. 작가님께선 나를 어찌 그리 귀신 같이 잘 알아보셨담! 하고 감탄했다. 우리가 많은 우정을 나누지 않았음에도 내가 어떤 책들은 즐기지 않는다는 걸 그가 안다는 사실이 기쁘기도 했다. 꼭 그가 내 책이나 나의 SNS를 열심히 보아준 것 같아서.

집에 와서 그 상황을 곱씹어보니 문득 머쓱해졌다. 어디 꼬인 데 없이 무언가를 그저 좋아하는 마음으로 충만한 이들을 볼 때마다 드는 당혹감이 있다. 누군가 그 당혹을 눈치챘다는 건 그냥 나란 사람의 인성을 들킨 것에 불과한 게 아닌가, 못나 보이게 나는 또 기어이 티를 낸 건가 싶었다. 너도나도 좋아하는 걸 열렬히 말하는 시대인데, 어째서인지 나는 시대에 뒤처지게 싫어하는 것만 많다. 심지어는 그런 시대도 좀 싫다. 동거인은 툭하면 불평불만을 늘어놓거나 누군가의 흥을 보는 내게 사회화를 거쳤기에 망정이지 네가 무슨 작가냐고, 그런 마음을 잘 숨기라고 진심으로 조언해준다. 그의 진심이 무색하게도 진실은 숨기기가 쉽지 않다. 눈치껏 열심히 괜찮은 사람인 척해봤자, 내가 오만 걸 싫어하는 사람이라는 사실은 배에 힘을 주고 웃다가 실수로 뀐 방귀처럼 새어나가고 만다.

최근 싸이월드가 복구되면서 나는 내가 왜 그렇게 싫어하는 게 많은지 새삼 깨달았다. 다시 열어본 나의 미니홈피에는 항상 특별하고 싶어서 초조해하는 여자애가 있었는데, 놀랍게도 그 애는 내가 싫어하는 것들을 한 번에 섞어 인간으로 빚어낸 것처럼 보였다. 심지어 현재의 내 인스타그램에서도 그 애의 냄새가 은은하게 풍겨왔으므로, 그 애가 자라 겨우 내가 되었다는 걸 깨달은 나는 소스라쳤다. 역시 무언가가 이거저거 싫을 때면 자신부터 충분히 의심해야 해…….

아무튼, 자기 자신을 포함해 많은 걸 싫어하는 나로선 따뜻한 시대에 뒤처지는 티가 나도 어쩔 수가 없다. 물론 무언가를 빛을 내며 바라보는 시선이나 온기 가득한 마음까지 싫어하지는 않는다. 나의 싫음은 그러니까, 사람을 반성 없이 미워하거나 무언가에 어깃장을 놓을 정도의 배짱조차 없는 감정이다. 그렇다고 좋아함을 굳이 좋아하지도 않는다는 게 내가 느끼는 수치심의 포인트다. 부러움이든 질투든, 간극을 마주할 때의 당혹감이나 이질감이든 간에, 나는 어떤 열렬함이나 일체감 앞에서 그만 얼어버리고 만다. 그건 내세울 정도의 좋아함이 없는 나에 대한 건조한 진실이다. 별로 좋아하는 게 없는 별로인 인간.

다시 싸이월드 미니홈피로 돌아가자면, 거기엔 한 무더기의 영화감상평이 있다. 그 글들을 영화감상'불'평이라 불러도 좋을 거 같다. 좋았던 점을 이야기하기도 했지만, 그마저도 대부분은 제대로 불평하기 위한 빌드업이었으니까. 한 시절 나는 그런 글을 쓰기 위해 펜과 노트를 들고 홀로 영화를 보러 다녔다. 그럴듯한 키워드와 비유를 찾고, 연상되는 내 경험을 버무리는 식으로 뭘 아는 척 평을 적으며 생각했다. 감독이 숨겨놓은 상징을 기어이 찾아냈다거나, 감독과 평론가조차 놓쳐버렸거나 모르는 기발한 장치를 떠올렸다고. 왜 하필 영화였나 생각해보면 주변 영향을 받아서였다. 그때 내 주변엔 영화의 엔딩크레디트를 보기 위해, 정확하게는 찰나에 스치는 자신의 이름을 보기 위해 영화를 보러 가는 이들이 있었다. 단역이나 스태프로 영화에 참여한 이들이었다. 비뚤어진 방식으로 흠모하는 버릇이 있는 나로선 그들을 집요하게 훔쳐보면서도 따라 하거나 감탄하지 않기 위해 애썼고, 자주 실패했다. 뭐랄까, 그들은 사람이라기보다 사람 모양의 헐거운 티셔츠 같아 보였던 것이다. (그들이 티셔츠를 자주 입어서 그렇게 느꼈던 걸까?) 그게 소위 영화인으로서 부러 낸 멋인지 영화를 좋아한다는 게 헌 티셔츠와 같아지는 일인지는 알 수 없었지만, 사람이 티셔츠 같다는 건 그걸 입고 싶어진다는 일이어서, 결국 주섬 주섬 그들을 걸친 채 영화관으로 가 몇 번이나 따분한 엔딩크레디트를 보려고 노력했고 퍽 열심이었다. 얼마나 열심이었는지 영화가 끝나고 곧장 밖으로 나가려던 한 친구에게 경멸하듯 말한 적도 있다.

엔딩크레디트 다 보고 나가는 게 어때? 그게 이 영화에 대한 최소한의 예의니까.

영화가 끝나자마자 상영관 밖으로 후다닥 나가는 지금의 나는 머릿속에서 지워지지 않는 그 기억이 유감스럽다. 도대체 왜 그리도 단단하게 취해 있었을까. 확실한 건 '인적이 드문 예술영화관을 찾아가는 나', '어려운 메시지를 이해하고 향유하는 나'가 당시 연출할 수 있는 가장 특별한 내 모습이었다는 것이다. 그런 연출은 한동안 그럭저럭 기능했던 것 같다. 적어도 영화관 앞쪽에서 자리를 지키던 뒤통수, 충격적이게도 얼굴이 달려 있던 그 뒤통수를 보기 전까지는.

정말 거기 얼굴이 있었던 건 아니다. 보통의 두상과 둥그스름한 귀, 모자에 눌려 삐쳐나온 머리카락까지, 그저 평범한 뒤통수였다. 하지만 다른 표현이 생각나지 않는다. 그 뒤통수가, 그의 눈코입이 영화의 오프닝부터 엔딩크레디트까지 오롯하게 화면으로만 향해 왔다는 증거처럼 거기 놓여 있었기 때문이다. 당시 나는 엔딩크레디트가 올라가는 동안 그럴듯한 말들을 노트에 써두는 중이었다. 이런 게 아쉽다, 이러저러해서 별로다. 영화에 냉정한 거리를 둔 말들로, 나는 내가 걸친 티셔츠 같은 사람들을 뛰어넘어보려 애쓰고 있었다. 반면 앞의 뒤통수는 화면을 향해 차분하게 앉아 그저 영화가 자신에게로 쏟아져 내려 온전히 흡수되길 기다리는 듯했다. 뿜어져 나오는 일체감이 얼마나 단단했는지 나는 뒤통수와 나 사이 간극을 단번에 알아챌 수밖에 없었다. 나와 달리 그 뒤통수는 영화의 부분으로서 거기 있었고, 잊지 못할 영화의 한 장면처럼 화면의 일부가 되어 내 안에 선명한 이미지를 남겼다. 그렇게 종종 내가 되고 싶은 것은 내가 되지 못한 것을 알려주곤 했다.

무언가를 깊게 사랑할 뿐인데도 그 순간엔 의도치 않은 소외가 생겨난다. 사랑은 때로 명백하게 타인을 구분하고 도려낸다. 그런 게 사랑을 드러내지 않아야 할 이유가 될 수는 없을 거라는 걸 안다. 하지만 때론 누군가가 깊은 사랑으로 인해 외로워진다는 걸 말하고 싶을 때마다 나는 조용히 그날의 이미지를 꺼내 본다. 내가 공들여온 무언가를 한순간에 무너뜨린 뒤통수. 거기엔 필연적으로 다른 장면도 딸려온다. 이를테면 민망한 얼굴로 노트를 덮은 채, 대차게 넘어지고도 아무 일 없다는 듯 벌떡 일어난 사람처럼 영화관을 빠져나가던 내 모습. 뒤늦게 느껴지는 당시의 기억으로 아직까지도 타인의 일체감 앞에서 얼얼함을 느끼는 지금의 내 모습.

　그제 간 서점에는 '아무튼○○'이라는 에세이 시리즈가 전시되어 있었다. 가까운 지인과 책장 아래서 떠들며 책들을 무심코 바라보았다. 출판사 측의 설명에 따르면 '아무튼'은 나에게 기쁨이자 즐거움이 되는, 생각만 해도 좋은 한 가지를 담은 시리즈다. 그중 몇 권을 읽은 내게는 그보다는 세상을 살아가는 누군가의 방식을 소개하는 시리즈에 가까운 것 같지만, 아무튼. 눈앞에 놓인 시리즈의 훌륭한 면면을 훑어보자니 나만 무엇도 사랑하지 않는다는 불안이 스멀스멀 올라왔다. 나만 뒤떨어지지 또…… 와중 지인이 물었다. 만일 지은 님이 아무튼 시리즈를 쓴다면 뭘 쓰고 싶어? 나는 부러 우스꽝스러운 얼굴로 답했다. 아무튼 싫음, 개싫음. 다들 좋아하는 거 천지니까 싫어하는 거 천지인 나는 그런 거나 써야지 뭐!
　지인과 나는 와하하 웃었다. 스스로를 우습게 만듦으로써 무언가를 떨쳐내려는 의지와 무관하게 웃음은 진심이었다. 남들은 좋아하는 게 천지인 세상에서 싫어하는 게 천지인 내 모습은 내 눈에도 우스웠으니까. 그러나 진심에는 늘 미량의 슬픔이 숨어 있기 마련이다. 깔깔 웃어놓고도, 그런 내 모습이 정말로 우스워 보인다는 건 조금 슬펐다. 그래서 집에 오는 길, 지난번 서점을 다녀 왔을 때처럼 은밀하게 부끄러워하면서 생각했다.

정말이지 다 싫다. 내가 내 눈에 우스운 게 싫다. 전에는 온갖 척에도 불구하고 나 자신조차 속이지 못하는 내가 싫더니, 이제는 진심으로 웃고서도 그 안에서 굳이 슬픔을 찾아내는 내가 싫다. 아무튼 시리즈를 청탁받은 것도 아니면서 혼자 프로필을 작성하는 장면까지 상상하는 내가 싫고, 안녕하세요, 아무튼 싫음을 썼습니다…… 하고 온 세상 사람들에게 내가 배배 꼬인 인간이라고 외치는 듯한 상상 속 내 모습조차 소름 돋게 싫다. 이렇게 툭하면 싫은 것만 내뱉어버리는 내가 정말, 싫다…….

그렇지만 나 자신이 바뀌길 바라는 거냐면 그건 또 아니다. 오히려 한편으론 이토록 꾸준히 소심하게 무언가를 싫어하는 자신을 싫어하는 동시에 조금 감탄하고도 있다. 이를테면 좋은 책을 읽으면 나는 그 책을 미워 하면서도 그 책이 영원히 끝나지 않길 바란다. 그렇게 질투에 사로잡힌 채 영원히 괴로워도 괜찮을 거 같은 기분일 때면, 행복이 과연 내가 알고 있는 속성의 것인가 의심한다. 나의 싫음도 과연 내가 알고 있는 속성의 것인지, 요즘 의심해보고 있다. 지치지 않는 내 싫음은 순전한 싫음이라기보다는 사이사이 무언가에 대한 선망이나 외로움이나 부끄러움 같은 기타 등등이 끼어 있기 때문이다. 나의 싫음을 구체적으로 바라보는 데 몰두하며 활력을 얻는다는 점에서, 어쩌면 내게는 여전히 비뚤어진 방식으로 흠모하는 버릇, 갖고 싶은 걸 집요하게 훔쳐보면서도 왜인지 따라 하거나 감탄하지 않기 위해 애쓰는 버릇이 남아 있는 듯하다. 말하자면 남 보기엔 부끄러워도, 창피하고 그릇된 듯 보이긴 해도, 내 나름으로 삶을 흠모하고 있는 것이다.

할머니의 드립백 커피

•

지은아!

익숙한 목소리에, 대기실에서 멍을 때리고 있던 나는 깜짝 놀라 고개를 들었다. 멀리서 할머니가 천천히 걸어오고 있었다. 우렁찬 목소리만큼이나 꽤 건강해 보이는 모습이었다. 가방을 내버려두고 뛰어갔다. 손녀와 할머니는 누가 먼저랄 것도 없이 서로를 얼싸안았다. 정부 방침으로 인해 금지되었던 요양원 면회가 드디어 풀린 참이었다.

와, 할머니 이제 잘 걷네.

내가 여기서 움직이는 거로는 일등이야. 그리고 이

거 봐, 나 5킬로나 쪘어!

　면회실로 가는 길 할머니는 사람들 몰래 마스크를 내려 자기 얼굴을 보여주었다. 오랜만에 보는 할머니의 얼굴이 정말 뚱뚱해져 있어서 웃기기도 기쁘기도 했다. 할머니가 요양원으로 옮겨간 뒤, 나는 정기적으로 그가 간병인이나 주변 사람들과 나눌 만큼의 먹거리를 보냈다. 우리 명재 팽팽해졌네, 잘했네, 손녀 마음이 보람되네, 하고 넉살을 떨자 할머니도 네 덕에 너무 살이 쪘다고, 같이 시시덕대며 얼굴을 환하게 밝혔다. 아마 우리가 통화할 때 할머니 얼굴이 꼭 이랬겠구나 싶었다. 그는 택배가 올 때마다 내게 전화를 걸어서는, 남들 다 들으라는 듯이 큰 소리로 뭘 이렇게 좋은 걸 많이 보내냐고 들뜬 목소리로 말하곤 했다. 할머니가 살이 찐 건 간식을 많이 먹어서가 아니라, 손녀에게 받은 걸 주변에 자랑하고 또 나눠줄 수 있어서겠지. 내가 아는 할머니는 그런 게 아주 중요하니까. 그런 게 할머니를 살찌웠을 거라고 뿌듯해하며, 나는 조금 두툼해진 할머니의 몸 여기저기를 어루만졌다. 그런 나를 바라보는 할머니의 눈이 애틋했다.

　작년까지 할머니의 몸무게는 40킬로그램 초반이었고, 올초 병원에 입원해 있었을 땐 그 아래를 맴돌았다. 거의 먹지도 움직이지도 못하던 그는 내 전화를 비롯한 모든 걸 귀찮아하며 누워 있었다. 어쩌다 통화를 할 때면 어서 죽었으면 좋겠다고 지친 목소리로 속삭이거나 자신이 하고 싶은 말만 무심하게 늘어놓았다. 대형 병원 침상에서 할머니의 몸은 관습적으로 묻던 안부나 배려를 까맣게 잊어버릴 정도로 빠르게 무너져갔다. 그의 허벅지는 내 팔뚝보다도 가늘었는데, 허벅지와 사람의 생이 얼마나 밀접하게 연결되어 있는지 놀라울 지경이었다.

면회마다 나는 부러 명랑한 투로 할머니에게 말을 걸었고, 허벅지가 가늘어져 움직일 수 없는 할머니를 대신해 미끈거리는 그의 틀니를 닦았다. 병원에서 생각하는 살기 위한 최소한의 조치에 양치는 없었으므로 내가 가기 전까지 할머니의 입안은 줄곧 방치되어 있었다. 할머니는 늘 자신의 흠이 드러날까 두려워 씻고 쓸고 닦으며 자신을 방어하는 사람이었다. 그가 평생 지켜온 청결에의 강박은 이제 찌꺼기가 되어 틀니에 붙어 있었고, 나는 내가 보는 할머니의 모습을 할머니가 보지 못하는 것에 안도하는 한편 그가 자신의 흐트러짐을 볼 수 없을 정도로 기력이 없다는 사실에 고통스러웠다.

그럼에도 검은 무언가가 잔뜩 껴 있는 틀니에서 눈을 떼지 않으려 애썼다. 병실의 무서운 고요나 반점으로 뒤덮여 부은 다리, 구겨진 이불 같은 할머니의 몸. 그것들은 나를 잘도 찢어놓았지만, 또한 영원히 내 안에 남아 있을 것이었다. 마지막일지 모르는 모든 게 그러하듯.

주변에서 흉을 볼 정도로 자존심이 강했고, 누구보다 고고하게 늙기를 바란 나의 할머니. 시간은 그런 나의 명재를 밀어내고 있구나. 평생을 우아함에 집요하게 공을 들여온 사람조차 실패할 수밖에 없도록, 늙은 여자를 이렇게나 밀어붙이고 있구나.

어떻게 늙고 싶든 그건 우리 마음대로 되는 일이 아닐 거야. 그런 생각을 움켜쥐면서, 나는 동거인에게 할머니가 가실 때가 된 것 같다고 자주 말하곤 했다. 누가 물으면 그가 죽어가고 있다고 답하기도 했다. 빠르게 받아들이면 덜 아프다는 양, 상실을 미리 수긍해보려는 노력이었다. 다만 그 말을 뱉을 때마다 처음 느껴보는 통제 불가한 슬픔이 몸을 훑고 지나갔다. 그 감각은 매번 나의 노력이 무용하다는 것은 물론, 내가 누군가를 떠나보내는 법을 전혀 모른다는 걸 상기시켰다.

내가 모르는 건 그뿐이 아니었다. 한번은 입원한 할머니에게 필요한 물건을 챙기러 아빠 집에 들렀다가, 찬장에서 새것으로 남아 있는 드립백 더미를 발견했다. 뭘 잘 먹지 않는 할머니는 커피만큼은 좋아해서 나는 꾸준히 커피를 선물해온 터였고 한동안은 더 좋은 걸 주고 싶은 마음에 드립백을 보냈다. 할머니는 화답하듯 매번 커피 향이 참 좋다고, 손녀 덕에 호사를 누린다고, 잘 먹고 있다고만 했다. 그 말을 곧이 곧대로 믿은 건 커피를 즐기는 할머니가 좋아서였다. 나는 옷을 정갈하게 입는 할머니가, 안경 너머로 책을 읽는 나의 할머니가, 그런 식으로 꼿꼿하려는 나의 명재가 자랑스러웠다. 평소 나는 깨끗하고 옷도 잘 입고 정신도 또렷하고 잘 챙겨 먹으며 남들 걱정도 안 시키는 할머니가 되어야겠다 다짐해왔다. 나는 나에게도 어김없이 다가올 미래와 할머니의 어떤 모습이 겹쳐올 때마다 그것에 가치를 매겨왔던 것이다.

병실의 할머니와 찬장의 드립백을 겹쳐보던 그제야, 나는 할머니의 몸으로 사는 일에 대해, 늙음과 죽음에 대해 전혀 몰랐다는 걸 깨달았다. 그런 깨달음은 뼈아픈 질문을 만들어냈다.

미디어 속 주체적이고 세련된 할머니에 열광하면서도 현실에서는 얼마나 드문 일인지에 대해 생각해보지 않을 때, 다수의 노인은 소외되는 게 아닐까. 혼자서도 꼿꼿한 개인을 이상적으로 여기는 세상은, 그렇지 못한 노인을 세상으로부터 끊어내는 게 아닐까. 늙음에 주체 같은 단어를 붙여가며 내가 보지 않고 미뤄오던 것들은 무엇인가. 늙음을 혐오할 수밖에 없게 만드는 자본주의의 문제를 말하면서도, 늙음에 바라고 요구하고 지워내려던 것들은 또 무얼까.

드립백을 사용할 줄 모른다는 걸 꽤 오랜 시간 숨겨온 나의 할머니는 홀로 무엇이든 처리해보려 애쓰고 있었던 게 아닐까. 손녀에게도 숨겨야 했을 만큼 불안감과 소외감에 내몰린 채로.

물론 추측일 뿐이다. 찬장 속 드립백에 대해 할머니에게 아무 말도 하지 않았으므로, 지금까지도 그가 왜 그랬는지 아는 게 없다. 내가 아는 건 그저 추측만으로도 가슴이 산산조각 깨질 수 있다는 것 정도다. 그 산산조각 이상의 아픔이 두려워 입을 다물고 말았다.

그때의 충격 덕분일까? 요즘은 노년의 삶을 구체화시키는 습관을 들이고 있다. 이를테면 여수에 혼자 있던 한 할머니는 주변 또래가 하나둘 사라지는 걸 느낀다. 그리고 점점 도움이 필요한 상태가 되는 것 또한 깨닫는다. 어느 날 혼자 시신으로 발견될 것을 당신은 크게 염려했으므로, 그의 아들은 그와 함께 살기로 결심하고 그를 서울로 데려간다. 지방보다는 서울이 벌이도 좋고 병원을 가기도 좋으니까. 다만 역설적으로 서울에 살기 위해서는 돈이 많이 들기에, 아들은 쉴 틈 없이 일을 나간다. 집에서 거의 홀로 시간을 보내던 할머니는 지병이 악화되어 대학 병원에 입원한다. 할머니는 한동안 앓았지만 다행히 그에게 기웃거리던 죽음을 건너뛴다. 요양원으로 자리를 옮긴 뒤 할머니는 더 건강해진다. 직원들과 중국 국적의 간병인이 가사노동에서 할머니를 해방시켜주고 또 그가 회복하도록 도와주어서다. 하지만 할머니 방에 있는 환자 절반은 치매를 앓고 있고, 할머니는 매일 똥오줌 냄새와 거기 따라오는 벌레에 시달린다. 이제 할머니는 집에 가고 싶지만, 아들을 위해 꾹 참고 요양원에 머무른다. 빚으로 남아버린 병원비를 해결하고자 아들은 여전히 돈을 벌어야 하고, 할머니가 혼자 집에 있는 것보다는 요양원에 있는 게 아들의 몸과 마음을 한결 편하게 해준다. 아들은 이제 요양원에 들어가는 비용까지 벌어야 한다. 그런 점에서 요양원은 고려장의 장소는 아니지만, 할머니가 평생토록 머물고 싶어 하는 곳 또한 결코 아니며, 노인을 위하는 공간이라기보다는 노인을 둘러싼 가족을 위한 공간에 가깝다.

그나마 가족 중 무뚝뚝한 아들을 대신해 전화로 안부를 묻거나 자질구레한 걸 보내는 식으로 큰손녀가 할머니를 챙긴다. 할머니를 향한 손녀의 애정에는 죄책감이 녹아 있다. 그는 코로나로 인한 면회 금지에 슬퍼하는 동시에 은근히 안도한 적이 있기 때문이다. 할머니를 만나러 가는 대신 자기가 생각하는 좋은 걸 할머니에게 보내는 것으로 만회하려 든 적이 많기 때문이다. 대기실에 앉아 면회를 기다리던 손녀는, 요양원에 있는 할머니가 혹 지금 삶의 모양에 비참해할까, 죽어가고 있다고 느낄까 내심 걱정한다. 그러다 문득 자신 역시도 마지막 생을 요양원에서 보낼 확률이 높다는 생각을 한다. 수명은 점점 길어질 거고 사람들은 너 나 할 거 없이 언젠가 의존이 필요한 상태가 될 테지. 존엄하게 늙는 게 모두의 이슈라면 국가가 나서야 하는 거 아닌가. 요양원을 구석구석 훑던 그는 과연 자신이 요양원에 바칠 물적 자본을 충분히 모을 수 있을지 헤아린다. 늙어가는 일이란 그저 버티거나 죽어가는 일이 아닐지, 그것이 미래의 자신에게 무슨 의미로 다가올지 상상한다. 그러다 지은아, 하고 자신을 힘차게 부르는 소리에 깜짝 놀라 일어나는데…….

숨 쉬는 것도 힘들어 보이던 나의 할머니는 이제 숨을 몰아쉬면서도 제법 잘 걷는다. 같은 방 할머니들의 똥 오줌 냄새에도 불구하고 내가 보낸 음식을 열심히 먹고, 내가 보낸 책을 열심히 읽고, 내가 보낸 색연필을 쥔 채 스케치북에 열심히 색칠하며 요양원의 시간을 어떻게든 즐긴다. 빨리 죽고 싶다고 말하던, 빼빼 마른 채 죽음의 문턱까지 갔던 할머니는 이제 포동포동 살이 쪘다. 면회 내내 열정적으로 수다를 떨던 할머니는 급기야 몰래 기어들어 온 귀뚜라미를 내 앞에서 힘차게 짓밟았다. 그 모습이 도무지 믿기지 않을 정도로 씩씩해서, 나는 몇 달 전 동거인에게 했던 말을 떠올리지 않을 수 없었다. 그때는 그가 돌아가실 때가 되었다고, 마치 이 정도면 충분하다는 듯 할머니의 죽음을 기정사실로 받아들였는데…… 언젠가부터 할머니는 죽어야겠다는 소리를 하지 않는다.

짧은 면회를 마치고 나오는 길 할머니는 내 손을 한 번 꼭 쥐었다. 할머니를 따라 나도 한 번 더 손을 쥐었다. 거칠면서도 보드라웠고 또 따뜻했다. 괜히 슬퍼진 나는 할머니에게 사랑한다고 부러 까불거린 뒤 그가 엘리베이터를 타는 걸 지켜보았다. 내가 유리 벽 너머에서 손을 흔들자, 이번엔 할머니가 나를 따라 손을 흔들었다. 언젠가 반드시 오고 말 죽음과 거기에 반항하듯 따스하던 할머니의 손이 허공에서 힘 있게 나부꼈다. 그런 장면은 나를 잘도 찢어놓았지만, 또한 영원히 내 안에 남아 있을 것이었다. 마지막일지도 모를 모든 게 그러하듯. 그러나 한편 그것은 여전히 삶을 의미하고 있었으므로, 엘리베이터 문이 닫힌 뒤 나는 잠시 거기 더 서 있다가 요양원을 빠져나왔다.

거기에 있던 나의 무화과

·

그는 내 동생에 관한 말을 함부로 하고 다녔다.

누가 그 말을 전해주며 증인을 서주길 자처할 정도로 질 나쁜 말이었다. 그가 정정을 바라는 어떤 요청에도 응하지 않고 비아냥거렸기에 이유는 여전히 모른다. 동생이 정중하게 물어도, 혹은 울면서 사과를 부탁해도 그는 줄곧 비슷한 태도를 유지했다. 이유가 뭐든 그는 동생에게 그래도 된다 생각했던 거 같고, 그게 이해되지 않았던 나머지 동생은 우울을 앓았다. 나는 딱 한 번 그를 본적이 있다. 오래전 동생이 무대에 서던 날의 리허설 때였다. 응원차 구경 간 나와 엄마 앞에서 그는 동생의 외모를 대놓고 탓했다. 동생은 어색한 표정으로 그 말을 들었고 나는 묵묵히 말을 삼켰다. 외부인인 내가 괜한 말을 했다가 동생이 곤란해질까 염려가 되어 그랬다. 웃으면서 심한 말을 하는 그도, 무어라도 자기 자신을 탓할 준비가 된 내 동생과 무대 뒤의 아이들도 너무나 심상한 얼굴을 하고 있었기에, 반복되는 매일의 풍경이 무심코 내 앞에서도 재생되었을 뿐이고, 외부인의 몇 마디로는 그 풍경을 바꿀 수 없을 거라고 생각했다.

하지만 이상하게도, 동생이 방 안에서 가라앉아갈 때면 문득 그 순간이 떠올랐다. 길거리 화단에 쓰레기를 하나만 허용해도, 거기엔 곧 다른 쓰레기가 수북이 쌓여버리니까. 그래, 어쩌면 내가 해야 할 말을 삼켜버려서…….

그런 생각을 하다 보면 목이 뜨겁다 못해 평평해지는 것 같았다. 꼭 자동차가 밟고 지나간 비둘기의 몸처럼. 어쨌거나 내겐 기분의 문제일 뿐이었지만 동생은 그 후 밥을 못 먹거나 잠을 설치거나 밖에 나가지 않으면서 정말로 종잇장같이 얇아져만 갔다. 나는 걔가 좋아하는 쿠키를 사다주거나 실없는 장난을 치면서도, 속으로는 동생이 다시는 입체가 되지 못할 가능성을 재어보곤 했다. 쟤가 저러다 정말로 영영 납작해지면 어떡하지.

아마 그래서 법적 절차를 고민하던 동생에게 대뜸 말해버린 게 아니었을까.

뭐든 해보자. 누구든 네 권리를 함부로 손대거나 훔쳐 가게 두지 말자.

나는 동생의 고소를 부추겼고 큰일이라도 날까 걱정하는 엄마를 설득했다.

엄마, 사람이 살아가려면 납득 가능한 무언가가 필요해.

그때 또 무슨 말을 했더라. 글쎄, 기억나는 건 스스로 지켜야 하는 권리나 그 의미 같은 걸 수차례 읊어댄 사람은 오로지 나뿐이었다는 것이다. 삶에 치여 그럴 겨를이 없던 가족은 그게 무엇인지 잘 모르거나 헷갈렸다. 반면 나는 여러 에세이와 이론서, SNS에 올라오는 유명인들의 글이나 판례까지 온갖 활자를 끊임없이 읽어내며, 그렇게 수집한 언어들로 충분하다는 듯, 내부에 기묘한 자신감과 충동이 차올라 있었다. 뭐라도 해낼 수 있다는 믿음과 누구에게라도 이해받을 것이라는 감각, 보다 나은 미래로 흘러간다는 느낌 등을 동력 삼아 첫 책을 계약하고 원고를 쓰던 시기이기도 했다.

그러니까 다름 아닌 언어가 내 의견에 힘을 실어주었다. 집안일에 관한한 엄마의 충고에 으레 그렇구나 하게 되고, 회사일에 있어서는 동거인의 말에 고개를 끄덕이듯, 가족들은 이 일에 대한 나의 왈가왈부에 설득당해준 것이다. 거기다 동생이 상담했던 변호사도 자신만만했다. 소송이 필요 없을 정도로 명백한 상대방의 잘못입니다! 든든했지만 왠지 아리송했던 그 말 역시 내 말에 무게를 실어주었다. 그래, 변호사도 그렇다는데, 우리 언니 말, 큰딸 말이 맞겠거니…….

나는 그 결과를 모르는 채로도, 숱하게 당위를 말하거나 무언가를 고양하는 데 자신이 있었다. 봐봐, 주체적으로 권리를 지켜내야 해. 이기는 경험을 쌓고 또 바꿔나가야 해. 여자라고 무시당하지 않게, 뒤에 오는 여자들이 같은 일을 겪지 않게.

바꿔야만 하는 혹은 바뀔 예정인 무언가를 줄줄 늘어놓는 내내 조금씩 말라오던 입천장이나 끄덕이던 가족의 얼굴들, 약간의 두려움과 기대가 묻어나오던 생기……. 희미하게 떠오른다. 너무 자주 꺼내 봐 닳은 걸 수도 있고, 애초부터 잘못 기억했던 걸 수도 있으며, 그냥 정말 오래되어 희미해졌을 수도 있다. 그로부터 시작된 동생의 재판에는 꽤 많은 시간이 걸렸으니까. 알았던 걸 확인하고 미처 몰랐던 걸 배우기에 충분할 만큼.

결론적으로 동생은 이겼고, 승소는 값졌다. 다만 몰

랐던 세부들이 있다.

하나, 어쩌면 송사에는 승리가 아닌 덜 패배와 더 패배가 있을 뿐인지도 모른다. 그가 얼마나 동생을 다치게 했는지, 구체적 증거를 토대로 판결을 받았음에도 그는 끝내 사과하지 않았다. 무고를 주장하던 그는 패소하고도 자신의 억울함을 토로하고 다닌다고 한다. 그 사실은 처벌이나 승리와 별개로 내 가족의 얼굴에 그늘을 드리운다.

둘, 값진 건 비싸다. 단 한 번의 제대로 된 사과만 있었어도 쓰지 않았을 비용이 내 가족을 훑고 지나갔다. 소송비를 보태던 엄마는 가게 운영 자금과 월셋집의 보증금을 헌 채로 코로나를 맞았다. 동생은 대출을 받았고 여전히 갚아나가는 중이다. 과정 중 모두 몸과 마음을 앓았는데, 그 병원비 역시 가족의 몫이었다. 승소 값은 여전히 가족의 삶에 영향을 끼치고 있고, 그는 처음부터 값을 치르기 어려워 보이는 상대를 골랐던 것도 같다.

셋, 도달한 결과는 때때로 생각과 다르다. 명백한 걸 명백하게 만들기 위해 동생이 분투하는 사이, 첫 책을 낸 나는 작가로서나 가족으로서나 읽고 쓰며 상대를 이해한다는 뉘앙스를 풍기는 데 몰두했다. 내가 이따금 집에 들르면, 동생이나 엄마는 소송을 진행하는 과정의 부침이나 소송의 의미를 찾는 일의 버거움을 조심스레 꺼냈다. 원래도 각박했던 세상은 힘든 일이 생기자 그들을 봐주긴커녕 오히려 더 궁지로 모는 듯했다. 정해둔 결론으로 상대를 끌어가는 걸 점점 수월하게 여기면서, 나는 가족을 다시 북돋았다. 그들이 희미하게 고개를 끄덕일 때까지. 나는 단순하게 우리가 같은 결말을 바란다고 여겼거나, 지금의 고난을 넘어설 규모의 보상을 상상하며 취해 있었던 것 같다. 얼마나 취해 있었냐면, 동생이 울면서 이겼다고 말하던 순간, 그러니까 숱하게 말해온 의미가 삶에서 구체화되던 때에서야, 입체는커녕 더 얇아진 동생과 엄마의 짓눌린 얼굴을 처음 알아차릴 정도였다.

그러므로 넷, 무언가를 입체로 만들기엔, '글'이야말로 지나치게 평평한 건지도 모른다. 꼭 죽은 비둘기처럼. 아니, 어쩌면 글이 비둘기를 밟고 지나갔을 수도 있다.

동생의 승소 후, 한동안 우울증이나 아픈 몸, 건강에 관한 책과 자료를 닥치는 대로 읽었다. 엄마와 동생의 아픔을 해결할 논리를 찾아댔다. 그러나 도움의 여부와 별개로, 문득 이런 패턴에 너무 익숙해진 건 아닌가, 내가 할 수 있는 가장 손쉬운 방법만을 택해오다가 이 꼴이 난 게 아닌가 놀라며 깨달은 다음부터 읽기를 줄였다. 전보다 가족에게 집중하며 읽기와 쓰기를 할 겨를이 없어지기도 했다. 덕분에 가족은 전보다 두꺼워진 것도 같고, 대신 나의 언어들은 전보다 얇아진 것도 같다. 가족은 더 버틸 만해진 것도 같고, 대신 나는 더 무기력해진 것도 같다.

다행과 불행. 불행과 다행.

작년까지는 베란다에 무화과 화분이 있었다. 이따금 흙에 손가락을 찔러보고 대충 물을 주었을 뿐인데도 무화과는 쑥쑥 자라 두 번이나 열매를 맺었다. 우연히도 성실한 녀석을 골랐던 모양이지. 화분이 만들어내는 풍경이나 생명을 돌보고 있다는 느낌이 좋았다. 가끔 거기에 대한 글을 쓰기도 했다.

화분의 가지에서 무엇도 움트지 않았던 지난여름, 혹시 몰라 물을 주자 곧바로 바닥이 흥건해졌다. 검색해보니 흙에 있는 영양분이 다 빠져나간 것이라고 했다. 분갈이를 2년간 하지 않아서였다.

뒤늦게 나는 무화과를 이루던 무언가가 무화과가 자라나면서 사라졌다는 걸 알았다. 뭔가가 생명을 만들어낸 대신 화분 속에서 죽어버린 것이다. 무화과를 키워냈음에도, 싱싱한 초록빛이 아닌 죽은 화분을 통해 가까스로 드러나는 흔적.

늦여름 사 먹는 무화과가 좋은 나머지 화분을 들이고, 좋아하는 걸 가까이 두고 무언가를 돌보는 행위와 의지 따위를 읽고 쓰고 말한다고 하여 무화과가 살아나진 않는다. 이따금 물을 주고 들여다보는 정도로 충분하리라 믿으면서, 납득과 행동을 혼동하고, 세부를 건너뛰어 전달된 감각을 온전한 제 것처럼 여기고, 소중하다고 여기는 것조차 그저 내 삶의 방식으로만 최적화시켜오면서도,

사실 나는 뭣도 몰랐던 것이지…….

아니, 무화과 화분이 뭐 어쨌다는 거야?

나는 늘 자신에게 유리한 형태로 기억하고 또 잊으며, 읽고 쓰고 말한다. 그러던 어느 날, 승소 후 한층 납작해진 엄마와 동생을 보았을 때처럼, 언젠가 비옥했던 어떤 의지가 스르르 빠져나갔음을 확인하면서, 바싹 마른 흙처럼 뒤늦게 놀란다.

어떻게 몰랐을까?

거듭되는 매일의 부침과 자칫 고꾸라질 수 있는 일상을 몰랐다는 뜻은 아니다. 더 나아지려는 시도나 덜 잃

겠다는 다짐은 그런 걸 알고도 할 수 있고, 어쩌면 알아서 하게 되기도 하니까. 결과를 모르는 채 정당성만을 말하며 소중한 사람들을 고양하려 들었음을 무턱대고 후회한다는 뜻도 아니다. 그렇게 변하는 세상도 있는 법이니까.

그저 돌이켜보니 내가 얼마나 나 좋은 것만 믿고 싶어 했는지 알겠다는 거다.

그러므로 나는 이렇게 쓸 수도 있겠다. 내 동생은 끝내 버티어냈고 거기에 의미가 있다고. 무화과 화분이 나쁠 리 없듯 승소 역시도 나쁠 리 없지. 어쨌거나 그는 벌을 받았고 동생은 해냈으니까. 나도 엄마도 사랑하는 동생이 과거에서 더 멀어지길 바랐고 또 다행히 정말 그렇게 되었다고, 좋음을 결론 내리는 것. 그로 인해 또 다른 누군가가 버틸 수 있기를 바라는 것. 그게 아니라면 고작 글 따위가 뭘 할 수 있겠어?

아니면 엄마와 동생의 얇아진 몸이나 나의 무기력, 죽은 화분으로 드러나는 흔적을 들먹일 수도 있을 것이다. 있다 없는 게 바로 핵심이라고. 무언가를 이루고자 한다면, 과정에서 스러져버리는 것들을 함께 이해해야만 한다고. 설령 그 흔적이 우리가 느끼고 싶은 감각을 방해하고 어떤 결론을 미루게 할지라도. 우리가 입체적인 무언가를 정말 바란다면, 그 흔적조차 없는 평평한 글이 뭘 할 수 있겠어?

여름의 연인을 좋아하세요…

.

너희, 결혼식은 언제 할 거야?

엄마가 몇 주 만에 다시 물었다. 비슷한 주기로 동거인의 어머님과 친구들이, 그 외에도 많은 이가 묻는다. 혹시 내가 나도 모르게 결혼에 대한 물음을 정기구독하는 걸까? 만일 그렇다 해도 해지하는 방법을 모른다. 여론조사 전화를 받듯 어느 날은 적당히 둘러대고 어느 날은 그냥 확 말을 끊어버린다. 엊그제는 후자였다. 여름이고 영 무더웠기 때문이다. 요즘 나는 엘리베이터에 함께 탄 이의 땀 냄새에, 지하철에서 나는 덜 마른 양말 냄새에 못내 표정을 찌푸리고야 만다. 한번은 팔에 닿는 습하

60

고 기분 나쁜 느낌에, 옥수수를 찌는 노점상을 매섭게 바라보았다. 누군가와 부딪힌 뒤 그 뒷모습에 대고 작게 욕을 뱉고는 혼자 지레 놀란 적도 있다. 땀구멍이 모든 수분을 흘려보내는 계절, 내 인내는 수용성이 되어 녹아 없어진다. 서늘한 에어컨 바람을 맞고 나서야 그냥 적당히 둘러댈 걸, 하고 엄마에게 미안해하면서도.

동거인과 나는 사실 결혼 날짜를 잡은 적이 있다. 동거인의 사내 복지 중 하나가 (추첨에 의한) 사내 시설 결혼식 지원이었는데, 같이 사는 김에 신청해본 게 정말로 당첨되어버린 것이다. 얼떨결에 이루어진 일치고 결혼식 준비는 꽤 체계적으로 진행되었다. 결혼에 들어가는 비용을 함께 정리하고 상견례도 하고 둘이서 같이 부케도 만들고 셀프로 사진도 찍고 신혼여행지도 물색해두었으니까.

다만 날짜가 가까워질수록 결혼식의 여부는 불투명해졌다. 코로나 초반이던 그즈음엔 모두가 확진자 수에 예민했다. 예기치 못한 사건이 불쑥 터졌고, 수시로 방역 지침이 변했다. 확진은 일종의 낙인으로, 개인의 경조사는 민폐로 취급되던 시기였다.

청첩장을 인쇄하기 직전 주말 저녁, 라면을 끓여 티브이 앞에 앉은 우리는 우리의 결혼식이 망했다는 걸 직감했다. 광화문 광장에서 대규모 집회를 연 한 목사의 얼굴이 뉴스에 대문짝만하게 나왔기 때문이다. 안 그래도 확진자가 급증하고 있던 터였다. 기자들은 앞다퉈 집회로 인한 코로나 재확산과 대유행을 점쳤다. 동거인과 나는 입을 벌린 채 그가 이전에도 하나님 까불면 나한테 죽어, 같은 대담한 어록을 남긴 인물이라는 걸, 그리고 두 달 후가 우리의 결혼식이라는 걸 차례로 기억해냈다. 하나님에게도 굽히지 않는 목사가 코로나 방역지침에 굴복할 리 없었다. 반면 소시민인 나와 동거인은 아니었다.

그래, 지금 취소하자. 청첩장 안 찍은 게 어디야!

누가 먼저랄 것도 없이 튀어나온 말이었다. 우리는 결혼식을 취소했다. 방역지침 때문에 울며 겨자 먹기로 식을 올리거나 미루어야 했던 이들에 비하면 비교적 큰 손해를 보는 것도 아니라며, 동거인과 나는 서로 위로했다. 가족과 지인들은 못내 아쉬워하면서도 시국이 시국이라며 결혼식 취소를 받아들였다. 그러니 그들로서는 당연하게도, 결혼식이 언제 재개될지 물어오는 것이다. 그 후로도 긴 시간 팬데믹은 유용한 핑계였고, 그것의 유행이 꽤 사그라든 지금까지도 나는 코로나 고위험군이나 감염에의 가능성을 언급하며 어깨를 으쓱해 보이곤 했다. 그마저도 더위로 지쳐 있지 않을 때 말이다.

그러다가도 결혼식을 취소하기로 한 결심의 순간을 떠올린다. 결혼 준비로 퍽 지친 우리가 오랜만에 늦잠을 자기로 합의를 본 여름 주말이었다. 내가 라면을 끓였고 동거인이 상을 차린 뒤 티브이를 켰다. 나란히 앉은 탓에 부딪혀오던 그의 살갗. 흐린 날 불 꺼진 거실의 조도와 에어컨의 소음. 어수선한 뉴스 화면과 집 안 가득한 라면 냄새. 코로나 추이를 이야기하며 심란해했던 우리의 얼굴과 그 사이를 오가는 묘하게 합리적인 어투. 그리고 면발을 후후 불 때 내 안에 스민 안도.

다행이다…….

그도 그랬다는 걸 알게 된 건 조금 나중 일이다.

나는 동거인에게 프러포즈하면 가만 안 두겠다고 미리 엄포를 놓았었다. 날짜를 잡은 뒤 하는 프러포즈란 영 우스꽝스러울 거 같아 제대로 반응할 자신이 없었다. 주변에서는 아무도 그 말을 곧이 듣지 않았다. 말만 그럴 뿐 너는 내심 원하고 있을 테니, 꼭 동거인에게 프러포즈를 받아야만 한다는 것이었다. 드레스를 보러 가서도 비슷한 일이 벌어졌다. 먼저 도착해 혼자 드레스를 입어 보는 나와, 뒤늦게 도착해 감탄은커녕 내 퍼스널쇼퍼인 양 팔짱을 낀 채로 더 나은 착장을 고민하는 동거인을 보며 드레스숍의 직원은 당황한 내색이었다. 뭔가 예비부부가 응당 보여줘야 하는 모습이 아니었던 것이다. 또 나는 예물에 별 관심이 없었는데, 그 사실을 들은 친구는 왜 신부가 빛나야 하는 결혼식에서조차 그러냐며 속상해하기도 했다. 내 성격상 나중에 불편해 안 쓸 게 뻔하다고, 차라리 여행비나 세간에 돈을 더 보태고 싶다고 말했지만, 믿지 않아 아무런 소용이 없었다.

이렇듯 인생에 단 한 번뿐인 특별한 순간이라는 표제어(우리는 심지어 동의하지 않았다)와 함께, 우리와 무관해 보이는 절차와 관례 들은 결혼 준비 과정 중 수시로 등장했다. 그뿐인가. 결혼이 아닌 동거는 상대를 덜 사랑한다는 증거라거나, 책임감이 부족한 것이라거나. 동거를 불완전한 관계처럼 대하는 인식은 남녀를 떠나 공유하는 듯했지만, 이상하리만큼 남성의 입을 통해서만 내게 쏟아졌다.

온라인에서 떠돌던 괴상하게 예리한 글을 읽고 피식한 적이 있다. 대충 요약하자면 '페미니즘, 애인, 비혼, 비건, 퀴어 같은 말을 쓰는 여자 그리고 고양이를 키우는 여자는 피하라'는 글이었다. 그래서인지 남자들은 결혼을 기피하고 동거를 원한 게 당연히 내 쪽이라 단정하고 물었다.

동거는 의무는 다하지 않고 쾌락만 추구하는 거 아닙니까, 따지고 보면 사실혼인데 당연한 결혼을 왜 회피합니까, 재생산 같은 사회적 책임은 또 왜 모른 척합니까…….

그럼 나는 되물었다.

비혼주의자는 제가 아니라 동거인이었는데, 그는 이런 질문을 받지 않아요. 참 재밌죠?

한 번도 이와 같은 질문을 받아본 적이 없는 동거인은 이 사태를 두고 왜 타인의 삶과 선택을 자기주장의 허술함을 벌충하는 용도로 쓰는 거냐, 왜 모호한 불편을 변호하겠답시고 대의를 빌려오냐, 정말 세상이 요지경이라며 어이없어했다. 아무리 정중해봤자 힐책이 될 수밖에 없는 말엔 매번 당위로서의 결혼이 기저에 있었다. 정작 그들은 누군가와 함께하는 삶의 기쁨과 슬픔은 전혀 궁금해하지 않는다는 점에서, 그들의 주장에는 관계에 대한 성찰보다는 새것으로 위장한 중고 매물이 시장에 나올 거라는 두려움—내가 헐거워진 구멍으로 다른 남성을 만날까 하는 걱정—이 깃들어 있는 것도 같았다. 그리고 그걸 증명하듯 몇몇은 우리가 사실은 결혼이 예정되어 있었으며, 취소되었을 뿐이라는 이야기를 듣고 안도했다. 마치 그게 당연하다 못해 자신의 무엇을 안전하게 지켜주기라도 하는 것처럼.

그러니까 우리의 결혼이 우리 아닌 누군가의 삶을 견고하게 만드는 듯 보였다는 것. 동거인도 나도 그게 배알이 꼬였다면, 코로나보다도 그게 우리의 결혼을 멈추게 한 더 큰 이유라면, 이상한가?

그게 전부라면 거짓말일 것이다. 결정은 꼭 겹겹이 쌓인 크레이프케이크 같아서 한 겹의 이유로는 성립하지 않는다. 오히려 안도하는 마음으로부터 말미암아 우리는 각자가 자기 영역을 무척 중요하게 여기고, 이해되지 않는 걸 끝내 받아들이지 못하는 부류라는 걸 다시금 확인했다. 그런 둘이 좁은 집에서 동거를 해왔다는 건 미친 듯이 싸워왔다는 뜻이다. 상대의 이기심이나 게으름에 악을 쓰고 혀를 내두르면서, 우리는 함께 살아야 하는 이유보다는 그 반대의 것을 진작 배워온 터였다. 서로에게서 떨어져야 비로소 평온해지는 순간, 이해 불능에서 오는 설움, 혼자일 때보다 배로 드는 생활의 고단함 등등.

그 역시 크레이프케이크의 한 겹을 이룬다. 그리고 겹겹에 두려움과 비겁함이 배어 있음 역시 진실이다. 같이 살고자 이미 많은 걸 포기해오면서 동거인도 나도 결혼이 지금보다도 더 스스로를 잃어야만 하는 일이라는 걸 예감했기 때문이다.

하지만 그럼에도 우리는 여전히 같이 산다. 우리는
서로의 습관이나 취향을 공유한다. 우리는 서로의 가족
을 챙기고 병원에 함께 가준다. 우리는 서로가 어디에서
무너지고 어디에서 일어서는지를 안다. 우리는 둘이어
야만 가질 수 있는 감정이나, 그로 인해 마침내 혼자서도
해내게 되는 것들을 눈치챈다. 우리는 함께할 미래의 형
태를 자주 고민한다. 그 미래가 결혼일지 아닐지 도달하
기 전엔 알 수 없지만.

그러니까 우리는…….

물론 이 글은 '우리'의 글이 아닌 '나'의 글이다. 그러
나 몇 년간 사용해온 우리라는 주어에는, 내가 함부로 동
거인을 대변하더라도 그가 고개를 끄덕이리란 확신이
깃들어 있다. 자신을 다소간 상실해도 너와 나라면 아마
괜찮을 거라는 신뢰. 아무쪼록 우리 아닌 것들에 굴복하
지 않을 때야만 우리의 미래가 가능해진다는 믿음.

여기까지 쓰고 나니 바깥에서 매미가 운다.

조금 선선해졌지만 그래도 무더운 날씨가 계속된
다. 버티고, 시험에 들고, 지치는 이 계절을 힘겨워하면

서도 나는 곧잘 바깥을 돌아다니며 연인들의 모습을 줍는다. 겨울의 연인들보다 여름의 연인들을 좋아하기 때문이다. 추위는 사람을 그립게 하니 겨울에는 누군가를 만날 이유가 있는 셈이다. 반면 여름의 연인들은 저 땡볕 아래서도 나란히 서서 찌푸리지 않고 서로의 몸을 휘감는다. 늦은 밤 공원 벤치에서 더위에 아랑곳없이 물기 어린 살갗을 마주 댄다. 무너진 화장이나 부스스한 잔머리, 땀에 전 티셔츠를 잊은 채 상대의 체온에 미소 짓는 일. 그러다가 그림자로, 다시 그림자로 둘이 무언가를 공모하기 위해 숨어드는 일.

동거인과 함께 처음 맞은 여름이 떠오른다. 내게로 급히 뛰어오느라 정수리부터 솟아난 땀이 그의 온몸에 줄줄 흐르던 이맘때 어느 날. 나는 더럽고 냄새난다고 얼굴을 붉히는 상대를 꼭 끌어안으면서 생각했었으니까. 미끈거리고 뜨끈뜨끈하고 끈적거리는 공기 속에서 체온이 상승한 사람을 거리낌 없이 껴안는 일과 그 마땅함을. 버티고 견디기만 하던 더운 계절이 누군가를 이유 없이 껴안을 때에서야 비로소 괜찮아지던 것을.

어제도 우리는 바깥을 걸었다. 걷는 내내 습기가 얼굴을 때리고 무심코 벌린 손가락 사이로 물바람이 지나갔다. 헤엄치듯 걸으면서 바람의 머리를 빗기는 내 손을 동거인이 조용히 잡았다. 맞잡은 손은 달궈져 순식간에 질척거렸지만 떨어지지 않았다. 무더위는 자연스레 곁을 주지 않게 한다. 나는 여름마다 사랑의 가능성에 대해 생각하고, 우리는 이번 여름도 함께 보내고 있다. 그런 우리가 우리를 주어로 한 문장을 조금 더 만들어가고 싶을 뿐이라면, 이상한가?

멘토 선생님들께

·

　수많은 멘토 선생님께.

　안녕하세요. 고마운 분이 한두 분이 아니신 관계로, 호명하다 혹 누구 한 분이라도 놓칠까 그냥 선생님이라고 칭해봅니다. 저는 선생님께 피와 살이 되는 삶의 지혜를 얻으며 살아가는 이 시대의 청년이어요. 뭐라도 놓칠까 초조해 밥을 먹을 때조차 유튜브를 틀어놓거나 인스타그램을 넘기면, 온갖 콘텐츠에서 선생님이 등장하시죠. 가족을, 손님과 내 일을, 연인과 친구와 반려동물을 대하는 법을 가르쳐주시려고요. 그럼 뭐랄까, 중심을 잡기 어려운 삶에서 기준이 될 뭐라도 잡아보겠다고 허우

적거리던 중 비로소 안도감이 든다고 해야 할까요. 인터넷 강의를 들으면서 자란 첫 세대로서 퍽 익숙하고 편안하다고 해야 할까요.

선생님, 저는 졸리거나 무료할 때면 인스타그램 스토리에 '무물'을 열어요. 무물이란 '무엇이든 물어보세요'의 줄임말인데, 창을 만들어 열어두면 거기에 사람들이 질문을 적어 제게 보낼 수 있답니다. 누가 질문을 하겠나 싶지만, 꽤 많은 사람이 진짜로 무엇이든 물어봐요. 저녁은 뭘 먹을까요, 무기력한데 어떻게 하면 좋을까요, 오늘 연인에게 차였는데 특효약이 있나요……. 그럼 저는 척척박사에 빙의해 호다닥 답을 씁니다. 몇 달 전엔 그런 물음이 온 적도 있답니다. 제일 친한 친구가 자신을 갉아먹는 연애 중이라 뜯어말리고 싶은데, 함부로 그래도 되는 건지…… 어떡해야 할지 모르겠어요. 지은 님이라면 어떻게 하실 거 같아요?

제게 딱히 방안은 없다는 걸 알지만, 어차피 그들도 정답을 바라고 보낸 말은 아닐 거예요. 제게 무료함을 버틸 누군가의 질문이 필요했듯 그들에게도 질문을 던질 어딘가가 필요했겠죠. 뾰족한 수가 없는 뭉툭한 사람들은 둥글둥글한 말들을 서로에게 굴리면서 시간을 견디기도 하거든요.

한참 전 일인데도 이따금 그 물음이 떠오르는 건 아마 우정을 맺는 제 방식 때문인 것 같습니다. 만일 A, B, 저 이렇게 셋이 만난다고 치면 저는 재빨리 A도 좋아하고 B도 좋아할 무언가를 알아둡니다. A가 기죽어 있으면 그를 북돋울 주제를 꺼내고, B가 화가 나 있으면 함께 열심히 분노하고, 그러면서 가끔은 제 가치관과 완전히 어긋나는 일에조차 맞장구부터 쳐요. 그랬겠다, 그럴 수 있지!

그게 세상에서 제일가는 친구가 되고 싶어서인지, 누군가 소외될 게 염려되어서인지, 너무 예민해 조금의 어색함도 못 참는 건지, 그저 공감해주는 나 자신을 뿌듯하게 여기는 건지 헷갈립니다. 여러 맛을 파는 아이스크림 가게처럼 저도 이런저런 나를 조금씩 구비해둔 걸지도요. 아무튼 저는 아이스크림을 사랑하듯 친구들을 사랑하지만, 그들을 만나고 오는 길이면 프랜차이즈 아이스크림 가게에서 방금 마감을 친 아르바이트생처럼 기진맥진해집니다. 지인들과의 약속이 잦으면 행복으로 충만하다가도 지쳐서 콱 죽고 싶고, 약속이 없으면 혼자라는 울적함으로 세상 쾌적하다 해야 하나…… 그런데도 제게 사람들은 종종 이런 말을 건네요.

너는 참 다정하고 좋은 사람이야.

……네?

그럴 때면 그 말이야말로 실은 나를 이해하지 못했다는 증거가 아닌가 하는 의심, 나의 열심을 다정으로 속아주는 따뜻한 사람이 주변에 있다는 기쁨, 그런 이에게조차 무언가를 가장하고 있다는 슬픔이 뒤섞입니다.

잘 모르겠어요. 다정을 좋아해 다정한 사람이 되려고 애써온 건 맞는데, 상대에게 좋은 사람이 되고 싶은 것도 맞는데, 왜 저는 자신의 형편없음을 감추려 최선을 다해 연기한 배우가 된 것만 같을까요.

이 머쓱함은 저 말을 들을 사람이 제가 아닌 선생님이기 때문인 것도 같습니다. 그저 훌륭하신 선생님께 배운 대로 했을 뿐이니까요. 사실 저는 불량해지고 싶은 마음에 비해 짜증 날 정도로 모범생이거든요. 아예 몰랐으면 또 몰라, 족집게 선생님과 족보가 있는데, 따르지 않으면 큰일 나는 거잖아요. 선생님이 말해주신 좋은 인간상이란 반박 불가할 정도로 제 삶과 이 사회에 유용한걸요. 이를테면 부채감을 주지 않게 적당한 거리를 두면서도 감정적으로 충족시켜주기. 상대가 진심으로 무언가를 할 수 있도록 마음을 쓰기. 충고, 조언, 평가, 판단을 제하고 먼저 그럴 수 있다고 공감해주기. 이러한 관계에 대한 멘토링이 오늘날의 지침서가 되는 건 당연합니다. 이토록 친절하게 말해주는데도 하라는 대로 안 하면 안

되는 거잖아요. 그렇게 도움을 받고도 감사를 표하지 않으면 안 되는 거잖아요.

까라면 까는 저는 더는 타인을 함부로 침범하지 않습니다. 너는 무엇이든 할 수 있는 동시에 꼭 뭘 하지 않아도 되고, 그러니까 네가 무슨 짓을 하든 다 이유가 있을 것이며 그건 온전히 네 것이니 나는 그 영역을 존중해준다는 뉘앙스로 그저 상대방을 바라봅니다. 다소 복잡한 마음을 꾹 누르면서요. 그렇게 하면 시키는 대로 해서 좋은 점수를 거머쥔 학생처럼, 시키는 대로 했을 뿐인데 다정하고 좋은 사람이라는 칭찬을 듣거든요.

선생님께서는 H를 어떻게 생각할지 궁금해집니다.

사람들은 한창 저를 채근했습니다. 사회에서 어떤 구실을 하는 사람이 되라고요. 그중엔 조언을 건네는 자신에 취해 있을 뿐인 사람도 있었지만, 하필 저를 자기 분신처럼 여기는 언니 H도 있었습니다. 너는 작가가 되어야 한다며, 자신을 좀 믿으라며, 그 언니가 어찌나 저를 밀어붙이는지 저는 급기야 팩 짜증이 났어요. 이 언니는 이효리 모르나, 요즘 트렌드도 모르나…… 그 무렵 한 티브이 예능 프로그램 영상이 새삼 화제였거든요. 출연자들이 지나가는 어린이를 붙잡고 어떤 어른이 될 건지 묻고, 누군가 훌륭한 사람이 되어야지, 라고 무심히 말하니까, 거기에 패널인 이효리가 대뜸 대꾸하는 거예요.

"뭘 훌륭한 사람이 돼? 그냥 아무나 돼."

말 한마디가 왜 화제가 되었겠어요? 다들 스스로를 괴롭히는 데 지쳐서 강의니 자기계발서니 유튜브니 찾아보는 판국에 이효리같이 세상 대단한 사람이 그렇게 말해주니까 와르르 마음이 녹은 거죠. 뻔한 위로니 뭐니 하지만 그 뻔한 걸 받아본 적 없는 사람들이 태반이잖아요. 그러니까 저도 H에게 바란 거지요. 내게 뭘 맡겨놓은 양 구체적인 미래를 요구하지 말라고, 나를 존중한다면 다정하게 응원만 해주면 그만이니까, 자신의 잣대로 날 침범하고 휘두르지 말라고요. 친구라면, 좋은 사람이라면, 힘든 내게 뭐든 괜찮다고 말해주고 위로해줘야 마땅하잖아요.

그런데도 H는 원하는 말을 해주긴커녕 집요하게 나를 괴롭혔습니다. 네가 잘할 수 있는데 안 하고 있다고, 그만 변명하라고, 넌 더 훌륭해질 수 있다고 말이에요.

제 생각이지만, H는 나름의 기발한 위로를 발명하고 싶었던 것도 같습니다. H는 누군가와 가까워지고 싶을 때마다 상대에게 잊지 못할 무언가를 주고 싶은 욕심에 실수를 저지르곤 했거든요. 자기 기준에 가장 좋고 기발한 걸 내밀다가요. 그때 H에게 선생님을 들먹였어야 했는데. 뻔한 것도 못줄 바에야 그런 건 넣어두라고, 사람을 상처 줄 성가신 진심 따위 좀 삼가라고요. 우리의 삶은 타인의 기준이나 진심 따위를 보태지 않아도 될 정도로 충분히 힘들잖아요.

온갖 조언과 지침을 섭렵한 우등생으로서, 저는 H와는 다릅니다. 저는 누군가를 대할 때 세상에서 나만큼은 네게 다정하겠노라, 다짐하는 걸요. 언제부턴가 저는 사랑하는 사람들과 싸울 각오로 피드백을 던져주거나, 그가 주저앉아버리지 않도록 함부로 거리감을 좁혀 몸을 일으켜주는 수고를 삼가는 대신 다정한 태도로 적당한 간격을 유지하고 있습니다. 누구나 존중과 거리감이 필요한 시기가 있잖아요. 뻔한 위로로도 그럭저럭 버틸 만해지잖아요. 제가 가장 진심일 때야말로 그에게 좋은 사람이 아닐 수 있다는 걸 아는데, 네 결정을 오롯이 존중한다고 말하는 게 뭐 어렵습니까. 어쩐지 트렌디해 보이기까지 하는 태도가 저를 다정하고 좋은 사람으로 만들어줄 뿐 아니라, 관계에서의 피곤함을 편리하게 덜어주기까지 하는데요.

하지만 선생님, 그 얘기를 듣자니 작년 초를 떠올리게 되었습니다. 오래전 H와 싸울 당시, 저는 저 자신에게 필요한 걸 누구보다 잘 알고 있다고 굳게 믿었습니다. 그 후 한동안 어색했던 관계 역시도 함부로 내 영역을 침범하고 나를 괴롭혔던 H의 잘못이라고 생각했죠. 제 첫 책을 받아든 H의 얼굴을 보기 전까지, 저는 그 모든 걸 확신하고 있었습니다. 그런데 책을 받아들고 기쁨에 겨워 얼굴이 죄 젖어버린 H를 보며, 그전까지와는 전혀 다른 생각이 들더군요.

혹시 나는 H가 아닌 무엇을 원하는지조차 모르는 나 자신에게 가장 화나 있던 게 아닐까. 그때의 내겐 다정한 말이나 적당한 거리가 아니라, 그저 호된 격려가 필요했던 게 아닐까.

부끄럽지만 실은, 기필코 훌륭한 무엇이 되고 싶었던 겁니다.

그러므로 선생님, 저는 아주 가끔, 걱정이 됩니다. 이러다 모두가 진심이 아니게 되면 어떡하죠? 제가, 진심을 영영 잃어버리면 어떡하죠? 우리가 우리에게 정말 필요한 것을 모르면서도 철썩 같이 안다고 믿고 있는 거라면 어떡하죠?

제일 친한 친구가 자신을 갉아먹는 연애 중이라 뜯어말리고 싶은데, 그래도 되는 건지…… 어떻게 해야 할지 모르겠어요.

처음으로 돌아가서, 무물에 질문을 남긴 그도 저처럼 지금 시대에 걸맞는 관계의 지침들을 숙지하는 류의 사람이겠지요. 한참 전 일인데도 이따금 그 물음이 떠오르는 건, 아마 우리에게 뾰족한 수가 없기 때문인지도 모르겠습니다. 다정하고 좋은 사람이 되어야만 한다는 압박에, 진심을 폐기하는 사람들.

선생님, 우리는 서로를 침범하는 일의 고난과 기쁨을 모른 채로 낡아가는 모범생들일까요.

만일 그렇다 해도, 그것이 선생님의 잘못은 아닙니다. 진심으로 선생님을 탓하고 싶은 마음은 없습니다. 선생님의 도움을 받았을 때도 많았으니까요. 온갖 반작용에도 불구하고, 언제나 제대로 작용하는 것들이 있기 마련이니까요. 다만 선생님께 편지를 쓴 것은 다름이 아니라…….

요즘은 마트에서 산딸기를 팝니다. 그제는 생과로 산딸기 두 상자를 사서 신중하게 한 알 한 알 씻었습니다. 그렇게 해야 무르거나, 벌레가 숨었거나, 곰팡이가 핀 산딸기를 발견하거든요. 워낙 연약한 과일이라 미리 골라내지 않으면 상자째로 못 먹게 되어버려요. 다만 저는 그것들을 버리지 않고 따로 모아뒀습니다. 오염된 부분을 도려내고 온전한 부분만 남겨 얼려둘 생각으로요. 흐물흐물하게 변해버린 과육은 슬쩍 건드리기만 해도 떨어져 나가더군요. 한참을 꼼꼼하게 다듬고 나니 산딸기라고 하기도 민망한 빨간 조각들이 채반에 남아 있었습니다. 위협이 될 만한 부분을 모조리 제거한 과육을, 저는 빤히 바라보다 한데 모아 냉동실에 넣었습니다.

제가 말씀드리고 싶었던 것들은 거기, 조용히 얼어가고 있습니다.

선생님, 산딸기가 제철입니다.

그냥 믿어야 할 때

.

　엄마는 도수가 높아 손님들이 많이 찾지 않는 빨간 뚜껑 참이슬 오리지널을 한 박스씩 발주해두곤 했다. 더 독한 소주를 찾는 사람들이 종종 있어서였다. 아저씨도 그중 하나였다. 세탁소를 하는 그는 남의 옷을 빨고, 다리고, 수선하다가 때때로 엄마의 가게를 찾아와 혼자 술을 마셨다. 아저씨는 뭘 잘 먹지 않는 입 짧은 사람인데도 자기 앞에 안주가 있어야 한다고 우겨댔다. 그럼 엄마는 어차피 먹지도 않을 걸 아깝게 왜 시키냐고 타박을 주었다. 동창이라고 했나, 고등학교 때 같은 동네에 살았다고 했나, 여하튼 아저씨와 엄마는 타박을 주고받을 만큼은 아는 사이였다. 결국 엄마가 음식을 내어주면, 안주가 나오기도 전부터 술을 마시고 있던 그는 반가워하며 빨간 거 한 병 더! 외쳤다. 그의 볼이나 몸은 퍽 홀쭉했다. 나는 술을 가져다주면서도 삼촌, 술 말고 안주 좀 먹어요, 하고 눈을 흘겼다. 그럴 때마다 그는 바람이 빠진 풍선같이 프스스 웃으면서 소주 뚜껑을 땄다.

빨간 뚜껑 한 개, 두 개, 세 개⋯⋯.

그 무렵 나는 엄마 가게를 포함해 여기저기서 서빙을 했다. 서빙을 할 땐 바쁘게 움직이는 시간만큼 구석에서 사람들을 지켜보며 기다릴 때도 많았다. 제때 술이나 음식을 가져다주고 자리를 정리하기 위해서였다. 대부분이 취해 있는 장소에서 혼자 맨정신인 채 서 있는 건 묘하고 또 무료해서, 조금 부당하긴 해도 나는 취한 사람들을 관찰하고 내 멋대로 유형을 구분하며 시간을 때웠다.

어떤 이들은 무작정 정치인을 욕하거나 큰 소리로 타인을 혐오해댔다. 제 말을 들어주는 이에게는 호의적으로, 그렇지 않은 이에게는 호전적으로 굴면서 더 많은 말을 차지하고 싶어 했다. 그들은 확성기 유형이었다. 확성기에는 귀가 달려 있지 않으니까. 또 어떤 이들은 앞에 있는 사람을 무조건 최고라고 추커세웠다. 상대가 좋은 대학을 나왔으면 세상 최고 똑똑이, 브랜드 아파트에 살면 세상 최고 부자, 꾸준히 운동하면 세상 최고 몸짱이 되는 식이었다. 듣고 싶은 말을 서로에게 빌려주고 또 돌려받기 위해 술을 기울이는 사람들. 그들은 채권자 유형이었다.

　한편 어떤 이들은 술이 들어가는 것으로 그만이었다. 얼마나 취할 수 있는지 궁금하다는 듯 반복적으로 술잔을 비우면서, 그 자리에서 흘러내릴 때까지 마시는 사람들. 고백하자면 나는 앞의 유형들보다도 흘러내리는 이들을 더 싫어했고, 그래서 '빨간 거'를 몇 병이고 찾는 아저씨의 방문을 그다지 반기지 않았다. 그가 오는 날마다 결국에는 군데군데 벗겨진 머리에 핏줄이 보일 만큼 취한 그의 양팔을 엄마와 붙잡고 택시로 밀어 넣어야 했다. 모든 것에 굴복한 그의 만취는 위협적이지도 시끄럽지도 않아 미워하기에 좋았다. 취객들이 흘린 온갖 걸 닦아내는 데 진력난 내게는 얌전히 미움을 받을 존재가 필요했다.

　하루는 그를 보낸 뒤 대놓고 엄마에게 흉을 보았다.

　저 삼촌은 기다리는 사람도 없나 보지. 집에 와이프 없나 봐?

　엄마는 답했다.

　응. 와이프 죽었지.

다리가 무너진 지 1년도 안 돼서 그런 일이 또 일어날 거라고는 정말 몰랐다고, 엄마는 말했다. 삼풍백화점 붕괴를 말하는 거였다. 듣기로 그의 아내는 평소처럼 백화점 지하로 출근했고, 그날 이후 아저씨는 머리에 천을 두르고 무너진 백화점 앞에서 진상 규명을 부르짖다 여러 번 실려 갔다고 했다. 너 대여섯 살 때인가, 애도 딱 네 또랜데 크는 것도 못 보고 갔지. 보상금이라도 받아서 다행이지 뭐니. 혼자 애도 길러야 하고, 장례도 해야 하고…… 남아 있는 사람은 많은 걸 해내야 한다고, 돈으로 해결할 수 있는 부분이라도 도와줘야 한다고 엄마는 말꼬리를 흐렸다.

엄마의 말을 들으며 나는 조금 착잡한 마음으로 아저씨가 앉아 있던 테이블을 치웠다. 그리고 고춧가루 하나 묻질 않은 그 몫의 젓가락과 앞접시를 설거지하면서 아저씨 두 칸 건너 테이블에 앉아 있던 단골들을 떠올렸다. 재난 보상금에 왜 내 세금을 써대냐고 떠들던, 자기가 무슨 말을 하고 있는지 누가 그 말을 듣고 있는지 전혀 모르던 이들을.

그나마 떨어진 자리라서 다행이다. 근데, 다행인 게 맞나…….

가게를 정리하던 중 문득 궁금해져 물어봤다.

83

보상금은 어쨌대?

내가 아저씨를 어떤 유형으로 나누었는지조차 잊어버렸듯, 그런 걸 물어본 이유는 기억나지 않고 엄마의 대답도 기억나지 않는다. 아마 엄마도 잘 모르지 않을까. 엄마는 타인의 슬픔에 궁금해하고 간섭하려 하기보다는, 대체로 같이 울어버리는 쪽에 가까웠으니까. 다만 집에 가는 길 엄마는 조용조용 말했다.

어떻게 썼건 도움이 된다고, 도움이 됐을 거라고 믿어야지, 그냥 믿어야 할 때가 있잖아.

그런 것만 기억난다.

이따금 아저씨는 만취한 게 무안했는지 엄마에게 옷을 가져다주었다. 세탁소를 하다 보면 주인이 몇 년간 찾아가지 않아 방치된 옷이 많아진다고 했다. 그가 가져다주는 건 중년 여성들이 입을 만한 옷, 그중에서 패턴이나 소재가 좋고 디자인도 무난한 것들이었다. 나름 질 좋은 브랜드 옷들을 골랐다며 그는 멋쩍어했다. 가게 일을 하다 보면 어쩔 수 없이 옷에 기름 냄새가 배거나 얼룩이 지고 말아서, 언제부턴가 엄마는 버릴 옷만 골라 입었고 좋은 옷은 장롱 안에 모셔두었다가 그 존재조차 잊어버리곤 했다. 덕분에 아저씨가 가져다준 옷들은 슬그머니 내 차지가 되었다. 대체로 내 체형엔 조금 벙벙했고 또래

애들이 사 입는 스타일도 아니었지만, 캐시미어가 섞인 폴라티 같은 건 입기 좋았다. 당시 나는 보세를 즐겨 입었고 비슷한 소재의 옷을 브랜드에서 사는 건 돈만 더 쓰는 바보짓으로 여겼다. 무언가를 깎아내리면서 나를 보호하는 버릇이었다. 그러나 유명 브랜드가 주는 믿음 때문이었는지, 그저 매일같이 옷을 만지는 아저씨가 골라낸 옷의 질이 정말 좋아서였는지, 그가 준 옷에는 자주 손이 갔다. 뭘 깎아내리던 버릇도 그 옷을 입은 날이면 머쓱해진 나머지 쏙 들어갔다.

언젠가 광화문을 맴돌던 날에도 나는 그가 준 캐시미어 폴라티를 입고 있었다. 세월호 천막에 들르기 위해 나간 참이었다. 다만 막상 가보니 어쩐지 가까이 가기 조심스러워서, 용기 없는 나는 그 주변을 산책하는 척 빙글빙글 걸었다. 흰 천막이 시려 보일 정도로 바람이 사나웠지만, 목을 데워주는 옷 덕에 나름 버틸 만했다. 잘 꺼내 입었네, 안도하던 나는 불현듯 궁금해졌다. 사람들은 어쩌다 옷을 잃어버리는 걸까. 누군지 모를 타인의 물건은 어쩌다 내게 소중해졌을까. 아저씨는 굳이 왜 옷을 가져다주었을까. 아내가 살아 있었으면 입었을 법한 또래 여성의 옷을 빨고, 다리고, 수선하는 그의 마음은 도대체 어떤 걸까…….

그렇게 누군가 잃어버렸다는 이유로 내게 온 옷을 입고 광화문을 빙글빙글 돌면서, 그날 나는 누군가가 잃어버린 옷들이 걸려 있는 풍경을 오랫동안 생각했다. 내 삶을 이루는 중요한 이들을 예고 없이 상실하는 일과 그럼에도 이어지는 삶을, 거기에 전할 수 있는 내 언어의 형태를 생각했다. 그래봤자 끝없는 질문이 빙글빙글 이어졌을 뿐이었다. 도움이 될까, 함부로 뭘 해보려 해도 되는 걸까. 무엇을 할 수 있는지 무엇을 해야 할는지 도무지 아는 바가 없는 나로선 세월호 때에도 그 이후에도 타인의 상실 앞에서 막막해졌다.

다만 혼란할 때면 나는 종종 아저씨를 떠올렸다. 빨간 뚜껑이 흩어져 있던 테이블과 깨끗한 젓가락을, 씹지 않겠다는 의지를 안주 삼던 이를 타박하며 굳이 푸짐한 안주를 내밀던 엄마를 떠올렸다. 이따금 멋쩍어하며 옷을 가져다주던 그의 얼굴과 잘 모르던 것을 깎아내리던 나의 버릇, 타인의 무언가가 내게도 의미를 가질 수 있다는 사실을 일깨우던 폴라티의 감촉을 떠올렸다. 그런 것들은 너무 약하고 흐물거려서 무엇도 할 수 없는 듯 보였지만.

그냥 믿어야 할 때가 있잖아.

그런 것만 기억하려 했다.

나를 기른 닭꼬치

•

    청소년기에 살던 동네에는 지하철역 앞에 닭꼬치를 파는 트럭이 있었다. 파를 함께 끼워 구운 닭꼬치를 가장 좋아했는데 역 앞 닭꼬치가 그랬다. 엄마도 나와 마찬가지 취향이어서 내가 중학생일 때도 고등학생일 때도 모녀는 트럭 앞에 나란히 서서 닭꼬치를 먹었다. 트럭을 운영하는 아저씨는 퍽 다정한 사람이었다. 몇 년간 트럭을 들락거리는 우리를 보며 그는 여러 가지를 짐작하는 듯 보였다. 단골 학생의 가족 모두가 누굴 챙길 겨를도 없이 바쁘다는 것이나, 단골 학생은 친구 없이 혼자 다니며, 늦은 시간 닭꼬치로 끼니를 때운다는 것.

그래선지 늦은 밤 트럭에 들르면, 아저씨는 남들 몰래 접시에 떡볶이를 올려주거나 어묵 국물을 떠주면서 물었다. 오늘은 어떠니? 공부는 잘돼 가니? 힘들진 않고? 그 무렵엔 오직 그만이 나에게 안부를 물어주었다. 사춘기였던 나는 민망해 괜히 딴소리를 하곤 했다. 엄마가 그랬는데 아저씨는 어묵 국물을 제대로 낼 줄 안대요. 국물을 먹으면 속이 오래 뜨끈하대요.

조금 이상한 일 같지만, 스무 살의 여름날엔 아저씨의 아들이 하는 공연을 다녀오기도 했다. 아들 녀석이 친구들과 밴드 공연을 한다는데 시간 되면 한번 가보라고, 제법 잘한다더라고, 아저씨가 표를 주어서였다. 아저씨는요? 나는 여기 있어야지. 잇몸을 보이며 웃는 아저씨의 볼 위로 송골송골 땀이 맺혔다. 무더운 날이었다. 트럭 주변의 공기가 끓어오르듯 일렁였고, 불 앞에 선 그의 옷에서는 다 마르지 않은 빨래인지 마를 틈이 없는 땀인지 모를 냄새가 났다. 그걸 참고 닭꼬치를 먹는 내게 아저씨는 이온 음료를 따라주며 말을 걸었다. 피곤하진 않니? 나는 대답 대신 웃었다. 미지근한 음료를 홀짝이면서, 나라도 대신 공연을 보아야겠다고 결심했다.

표를 꼭 쥐고 땀을 뻘뻘 흘리며 신촌에서 홍대로 넘어가는 고개를 걸었다. 공연장은 5평 정도의 열악한 지하 공간이었는데, 표를 사고 굳이 찾아갈 만한 곳으로 보이진 않았다. 공연자의 친구로 보이는 내 또래 몇 명만이 서성일 뿐이었다. 객석의 연기가 자욱해서 그런가, 그날 아저씨의 아들이 노래를 불렀는지, 기타나 베이스를 쳤는지, 드럼을 두드렸는지 알아볼 수 없었다. 그저 인상을 쓴 채 아저씨를 닮은 남자애를 찾으려 두리번거렸을 뿐이고 공연장은 아저씨의 트럭만큼이나 더웠다. 구석에 어색하게 선 채 무슨 곡인지도 모르면서 열심히 호응했다. 후에 트럭에 들러 아들이 아저씨를 빼닮았더라고, 공연이 참 멋졌노라고 말하자, 불을 밝힌 듯 아저씨의 얼굴이 환해졌다. 아저씨는 그 후로도 그 얘기를 두고두고 꺼냈다.

걔가 그렇게 잘하든?

나는 매번 그 질문을 처음 듣는 양 닭꼬치를 우물대며 말했다.

그럼요, 완전 대단하던데요.

지금 생각해보면, 나도 아저씨에게 속이 뜨끈해지는 무언가를 주고 싶었던 것 같다.

얼마 후 트럭은 사라졌다. 반수를 한답시고 독서실 아르바이트를 시작하면서 트럭에 들르는 빈도가 줄었다. 어쩌다 가게 되면 아저씨는 단속 때문에 닭꼬치 장사를 그만두어야 할지도 모른다고 했다. 나라에서 거리를 깨끗하게 만들어야 한다더라. 그가 그렇게 말할 때도 몇 년간 마음을 기대온 닭꼬치 트럭이 사라질 수 있다고는 생각하지 못했다. 트럭이 며칠 안 보일 때도 대수롭지 않게 생각했다가, 몇 달이 지났을 무렵에야 비로소 트럭도 아저씨도 정말 사라졌다는 걸 실감했다. 가끔 역 주변을 서성였다. 깨끗해진 거리가 지나치게 넓어 보일 뿐이었다. 그로부터 몇 년 후 엄마는 인적이 없는 옆 동네 허름한 골목에 작은 가게를 차렸다. 하루는 손님이 너무 없고 배도 고파서 큰맘 먹고 짜장면을 시켰는데, 닭꼬치 아저씨가 배달을 왔다고, 둘 다 깜짝 놀랐다고 했다. 배달이 밀려 있어 많은 말은 나누지 못했다고, 잠깐이었지만 그가 무척 반가워하더라고, 땀을 흘리며 내 안부를 묻더라고 했다.

아저씨는 모르겠지만, 그 후로도 나는 열심히 닭꼬치를 먹었다. 다른 닭꼬치 아저씨와 친해지며 종종 그를 떠올리기도 했다.

새로운 닭꼬치 아저씨는 다니던 학교 정문 앞, '내 영혼의 닭꼬치'라는 상호의 노상 천막 주인이었다. 대학생 때는 아르바이트를 하느라 과제할 시간이 부족해 늦

게야 학교를 나설 수 있었다. 9시만 넘어가도 학교 근처
는 대낮의 활기가 무색하리만큼 황량해졌다. 복작거리
던 공기가 착 가라앉은 어두운 거리에서 빛나는 건 영혼
의 닭꼬치 천막뿐이었다. 집에 가려다가도 그 천막만 보
면 갑작스레 배가 고파와서, 나는 어김없이 천막 안으로
들어서곤 했다. 영혼의 닭꼬치에서는 국물에 졸인 양념
닭꼬치를 팔았다. 거기에 가래떡을 잘게 잘라 양념과 함
께 졸이고는, 오는 이가 자유로이 먹을 수 있게 했다. 닭
꼬치 하나 먹는 주제에 나는 염치도 없이 떡을 마구 집어
먹으며 주린 배를 채웠다.

　　마감 때마다 나타나 그러는 손님이 싫었을 법도 한
데, 아저씨와 나는 도리어 금방 친해졌다. 아저씨는 자
신이 독실한 천주교 신자라고 했다. 나도 어릴 땐 천주교
신자였다고, 복사를 섰노라, 성가대 반주자였노라 떠들
었다. 아저씨 제 세례명은 요세피나예요. 요셉 순교일이
랑 하필 생일이 같아서 얻은 세례명이에요. 남들 다 예쁜
세례명 할 때 내 세례명만 구린 거 있죠. 이런 법이 어디
있어요? 에이, 지금은 성당 안 나가요, 머리 크고 안 다닌
지 꽤 됐어요.

　　아저씨는 빙그레 웃었다. 접시 위로 떡을 더 얹어주
면서, 그래도 성당을 나가야 한다, 그래야 착하지, 넌 착

하지 요세피나야? 하고 아무도 부르지 않는 내 세례명을 불러주었다. 그런 날이면 나는 괜히 오래전 닭꼬치 아저씨와 새로 사귄 닭꼬치 아저씨를 포개어보았다. 든든해진 배로 기운을 내어서, 집에 가 조금 더 늦게까지 공부를 했다.

요세피나는 점차 닭꼬치를 사 먹지 않는 날도 아저씨에게 인사를 했다. 오, 아저씨, 오늘은 핑크 모자네요! 등하교 중 천막 앞에 멈춰 서서 말을 붙이는 일이 잦아졌다. 아저씨도 내게 자랑할 거리가 더 많아졌다. 요세피나야, 나 중국어도 되게 잘한다. 중국인들이 엄청 많이 오는데 내가 이거 다 팔아. 아저씨 어깨가 으쓱일 때면 나는 능청스럽게 엄지를 치켜올렸다. 전공이 꼬이면서 대학 시절 시간표를 내내 혼자 짰고 자주 혼자 밥을 먹었던 내게 동기의 개념은 없었고 그래선지 닭꼬치 아저씨야말로 가장 친한 동기같이 느껴졌다. 가끔은 부러 점심으로 닭꼬치를 먹으러 갔다. 아저씨는 공짜 어묵을 슬쩍 내어주고는 괜히 혼자 먼 산을 보며 돈을 받은 척 연기를 했다. 그럼 나도 돈을 낸 척 연기로 화답하면서 어묵을 날름 받아먹었다. 만났던 남자친구들을 죄 데려가서 닭꼬치를 먹고는, 나중에 친구에게 하는 양 아저씨에게 험담을 늘어놓기도 했다. 아저씨, 저번에 걔보다 낫죠? 응.

근데 요세피나가 훨씬 아깝지. 역시, 아저씨는 사람 볼 줄 아신다니까.

하루는 늦게까지 학교 도서관에 있다가 엄마와 통화를 했다. 전날 아르바이트로 피로했다고, 날 선 말투로 전화를 받은 것이 화근이었다. 그날 엄마는 엄마 친구의 딸이 얼마나 훌륭한지에 대해 늘어놓았다. 걔는 자기 엄마한테 참 잘하더라, 걔는 일찌감치 취업해서 번 돈 다 엄마 갖다 준다더라, 엄마가 고생하는 꼴을 못 보더라. 그 말이 너무 뾰족하게 느껴져서 수화기 너머로 더 뾰족한 고함을 지르고 끊었다. 내가 누구 때문에 이렇게 아등바등하는데! 겨울철 도서관의 부연 창만큼이나 시야가 흐려졌다. 애써 책을 들여다보는데 글자가 줄줄 흘러내렸다.

그 밤이 나의 미래만큼이나 캄캄하게 느껴져서, 나는 벌건 눈으로 도망치듯 천막으로 숨어들었다. 아저씨, 나는 쓸모없는 사람인 거 같아요. 아저씨, 엄마가 너무 미워요. 울음이 잦아들 때까지 내 말을 오래오래 들어주던 아저씨는 조용히 은박지에 닭꼬치 세 개와 남은 떡들을 싸주셨다.

요세피나야, 이거 집에 가 엄마랑 먹어라.

그러고 싶지 않을 정도로 엄마가 미웠다. 그러나 실

컷 울고 나니 흐리던 시야가 조금 선명해진 것 같았고, 선명해진 아저씨의 얼굴을 보니 그 앞에서 엉엉 울어버린 게 민망해서, 나는 아저씨가 내미는 검은 비닐을 순순히 받아들었다. 나누어 먹을 따듯한 음식이 든 비닐의 바스락거림에는 미움을 조금씩 가라앉히는 힘이 있었다.

다만 그날을 기점으로 닭꼬치 아저씨와 나는 조금씩 멀어졌다. 내가 얼마나 형편없는지 들켜버린 것 같아서 그랬다. 받아온 격려에 제대로 보답하는 모습을 보여드리고 싶었던 것과 달리, 그런 내 모습이란 영 까마득해 보이기도 했다.

요세피나야, 잘하고 있지?

그 무렵엔 오직 그만이 내게 안부를 물어주었다. 그의 안부는 그날의 내 눈물을 염두에 두고 있었다. 그러나 졸업을 앞두고 취업준비생이던 나는 그것이 민망해 괜히 아저씨를 피했다. 잘하고 있는지, 무엇이 될 수 있는지 도무지 알 수 없는 요세피나가 그의 안부에 답하는 일은 이유 없이 어려워서. 한동안은 알은체마저 하지 않았다. 부채감인지 죄책감인지 영문 모를 감정으로, 저 멀리 분홍 모자가 보일 때마다 고개를 숙인 채 그 반대편으로 빙 돌아가는 일이 잦아졌다. 졸업 날 비타오백 한 박스를 들고 천막을 찾고는, 식사를 하러 간 아저씨의 부재에 내심 안도하기도 했다. 아저씨가 혹여 반갑게 잘하고 있냐고 물어도 답할 말이 없어서였다. 꼭 괜찮은 사람이 되어서, 나중에 다시 가서 내가 무엇이 되었는지 자랑해야지. 떡을 집어 먹는 대신 닭꼬치를 한 백 개는 사버리면서, 요세피나 짱이죠? 해야지. 그런 생각을 하면서 '또 올게요, 요세피나가'라고 메모만 남겼다.

돌이켜보면, 나도 아저씨에게 속이 든든해지는 무언가를 주고 싶었던 거 같다.

나중에 학교에 들러보니 정문 앞 같은 자리에 다른 천막이 들어서 있었다. 수소문 끝에 아저씨가 거리에서 일하며 얻은 건강상의 문제로 장사를 그만둔 걸 알게 되었다. 고개를 숙이고 분홍 모자를 지나친 날들이나, 정작 나는 아저씨의 세례명조차 모른다는 사실이 머리를 스쳤다. 한번은 밤이 깊을 때까지 정문 앞을 서성여 보았다. 늦은 밤 북적임이 잦아들면 금방이라도 요세피나야, 다정히 부르는 목소리가 들릴 것만 같아서였다. 그러나 어두운 거리는 이따금 지나가는 오토바이 불빛만이 번쩍일 뿐이었다.

서른 중반이 된 지금은 떡볶이나 어묵, 양념된 닭꼬치 같은 길거리 음식을 먹으면 금세 속이 아프다. 그간 내게는 탄단지 비율을 확인하고, 신선하고 건강에 좋은 음식을 때맞춰 챙겨 먹는 습관이 생겼다. 그럼에도 노상 천막이나 트럭을 그냥 지나치지 못하는 건 나를 길러준 것들이 거기 있기 때문이다. 뜨끈하고 든든하게 언젠가의 어두움을 밝혀주던 사람들. 어제는 동네 어귀에서 붕어빵을 조금 샀다. 그제는 왜 안 보이셨느냐 물으니 붕어빵 아주머니는 단속 때문에 요즘 이곳저곳 돌아다닌다고, 날이 풀리기 전까지 바삐 팔아야 한다고 했다. 사려던 붕어빵을 천 원어치 더 사고 천막을 나오는데 바람이 매서웠다. 코가 시렸지만, 품속 붕어빵 덕에 몸은 따뜻했다. 어쩐지 겨울이 끝나지 않아도 좋을 것 같은 기분으로 걸었다.

매일 오고 가는 길에는 탄천을 지난다. 여름엔 물장구를 치던 오리들이 있었는데, 한겨울엔 고요히 얕은 물결만 넘실거렸다. 빈 탄천을 보며 생각했다. 매 겨울 오리들은 어디로 갈까. 오리들이 돌아올 즈음 붕어빵 아주머니는 어디로 갈까. 사라진 이들의 오늘과 누군가의 안부를 묻기엔 지나치게 깨끗한 거리를 걸으면서, 모두 어디로 갔는지, 나는 늘 그런 게 궁금했다.

저 많은 사람 중에서

.

우연히 쇼핑하는 M을 보았노라고, 그를 아는 지인에게 말했다.

걔는 나 못 본 것 같더라, 껄끄러워서 후딱 자리를 피했어.

그 말을 들은 지인이 마시던 커피를 내려놓으며 조심스레 물었다.

괜찮아? 안 무서웠어?

나는 별 생각 없이 고개를 끄덕였다.

뭐 잘 살면 좋겠어. 어쨌든 한때는 사랑했으니까.

어차피 M은 너무 오래전의 사람이므로 그 이상 할

말도 없어서, 화제는 곧 옮겨갔다. 하지만 집에 가는 길 나는 지인의 눈빛을 떠올릴 수밖에 없었다. 잠깐이었지만 그가 엎질러진 컵을 보듯 나를 바라보았던 것이다. 자주 있는 일이었다. 주변 사람들에게 나와 M의 관계는 지나간 사랑이라기보다 사건에 가까웠으니까. 한번은 내가 M을 전 남친 혹은 이름으로 말하자, 가해자라고 불러야 한다며 호칭을 정정해주는 이도 있었다. 그런 단어는 어쩐지 입에 잘 안 붙는다며 머쓱해하는 내게 그는 또박또박 알려주었다.

그거 스톡홀름증후군이야. 사랑은 무슨, 폭력이 있었을 뿐이지.

이따금 타인의 의해 내려진 사건의 진단이 스스로의 판단보다 더 중요하게 여겨지는 것 같다. M과 단숨에 이별하지 못했던 나는 어찌어찌 헤어지고도 한동안 M을 떠올렸고 더 오랜 시간이 흐른 뒤엔 M이 잘 살기를 바랐다. 그리고 그런 내 마음 때문에 괴로웠다. 내 목을 조르던 남자가 잘 살길 바라는 마음 따위를 도대체 어떻게 납득해야 할지 막막했다. 몇몇 단어나 개념은 막막함을 단숨에 일축해준다는 점에서 확실히 유용했다. 어쩔줄 모르는 나를 도닥이던 주변 이들의 반응도 마찬가지였다. 그들이 불운이나 우울, 자존감 같은 단어를 원인으로 지목할 때마다 나는 고개를 끄덕였다. 때로는 무언가를 납득하기 위해 상황을 가둬둘 단어가 필요했기에.

하지만 가둬둠으로써 누락되는 것들도 있었다. 나는 어린 시절부터 일종의 DMZ를 내 안에 은밀하게 품고 있었다. 모든 걸 내려놓는 내면의 장소이자, 어떤 생각과 마음이 자라나도 괜찮은 곳. 언젠가 내릴 중요한 결정들이 스멀스멀 시작되는 곳. 평소엔 보이지 않지만, 자신을 강제하려 들 때마다 꿈틀거리며 문제적인 방식으로 드러나는 곳. 상대를 수긍하되 내 멋대로 해도 되는 여분의 마음을 습관처럼 그곳에 챙겨온 것이다. 그건 누군가 나를 위축시킬 순 있으나 완전히 제압할 수는 없도록, 타협은 가능해도 강제는 불가하도록 도왔다. 달리 말해 나는 나를 향한 타인의 말이나 논리를 일부 수긍하면서도, 그것만으로는 설명되지 않는 나머지 마음들을 나의 DMZ에 고스란히 심어두었다. 때로는 거기서 자라는 것만을 오롯한 내 것으로 여겼다. DMZ에 출입이 가능한 사람은 오직 나뿐이었다.

그 사실은 M에게도, M과 나 사이의 일을 정의하려는 주변 사람에게도 문제가 되었다.

M은 매 순간의 온전한 동의와 복종을 제외한 내 안의 모든 걸 소거하고자 폭력을 저질렀다. 맞서고 재편하

기보다는 상대에게 맞춰보려는 내 성향은 그때 훨씬 두드러졌고, 나는 단호하지 못했다. 다만 그의 폭력은 내게 소극적 순응은 끌어냈을지 몰라도 최소한 나의 DMZ는 침범하지 못했다. 당시 나는 그가 아닌 누구도 만나지 못했지만, 그게 옳다고 생각한 건 아니었다. 나는 실루엣이 드러나는 옷을 버리는 데 동의했지만, 사실 끔찍하다고 생각했다. 나는 그와 곧장 헤어지지 못했지만, M이 내게 해선 안 되는 일을 하고 있다고 확신했다. 아무도 내가 느끼는 걸 바꿀 수는 없어, 그건 타인의 출입이 금지된 DMZ의 일이니까. 원하는 걸 마음으로는 내어주지 않는 내 모습은 M을 미치게 했다. 마침내 M은 내가 나를 나이게끔 하는 어떤 영역만큼은 누구에게도 내어주지 않으리란 걸 확인한 것 같았다. 그가 먼저 이별을 고한 것이다.

운이 좋았다는 걸 안다. 그가 떠났다고 문제가 완벽히 해결되었다고도 생각하지 않는다. 떠나간 M은 또 다른 숙제를 남겼으니까. 나의 DMZ가, 그 아닌 다른 이들에게도 골칫거리가 된다는 문제. M과 관련된 문제는 근본적으로 거기 있는지도 모르겠다.

평소 명랑하게 지낸다. 그렇지만 살이 부딪히는 소리나 누군가의 고함, 무언가를 부수려는 시늉에도 내 몸은 깊숙한 곳에서부터 빠르게 얼어붙는다. M의 폭력이 상흔을 남긴 것이다. 하지만 내 안엔 다른 것도 남아 있다. M과도 여느 연인처럼 아름다운 순간이 있었다는 사실, 그 위로 내 마음이 엎질러졌다는 사실. 사랑이 흔적을 남긴 것이다. 나의 과거에는 폭력의 있음만큼이나 사랑의 있음도 분명히 존재했다.

시간은 고통이 차분해지도록 도와준다. 10년 넘게 M과의 일을 응시해온 나는 둘 중 무엇 하나만 오려내는 데에 매번 실패했고, 그로 인해 온갖 단어들을 빌려온 이들에게 호된 질책을 받곤 했다. 그들은 상한 음식을 우물거리듯 말했다. M이 가해자여야만 한다는 확신, 내게 발생하는 오류와 그걸 고쳐야 하는 근거, 나의 과거를 폭력으로만 불러야 하는 이유.

사람들은 어떤 있음을 인정하는 일이 자신이 지키고자 하는 무언가를 배반하는 일이라고 받아들이는 것 같다. M이 폭력을 저질렀다는 사실은 변하지 않고, 사람들의 말엔 나를 향한 애정이 있다는 걸 안다. 그러나 애정조차 때때로 나의 DMZ를, 내 안에 명확히 있는 것을 소거하려 든다. 빠르게 해결하고 멋대로 치워버리려 든다. 타인에게 M은 잘못된 사람이고, 잘못된 사람에게 무언가를 느끼는 일 역시 잘못되었다는 건 명백해서, 나는

M에게서 받은 상처나 폭력에 대해 내 안의 복잡한 마음을 발설할 때마다 고해성사를 하거나 조서를 쓰는 기분이 든다. 개자식이라 씩씩대다가도 타인이 뱉는 가해자 같은 단어에 반항하고 싶을 때, 누군가 거기 불운이나 병명을 제외하고 아무것도 없다고 말할 때, 내 목구멍엔 변명 아닌 덩어리가 걸렸다. 구렸던 만남에도 경이로운 순간들이 있었고 그냥 웃음이 나던 시간이 있었다고. 자존감이 낮아서, 불운하고 멍청해서가 아니라 까닭 없이 그 사람에게 마음이 쏟아졌다고. 정말 그럴 법해서 그랬다고. 상대가 어떤 사람인지 알게 되어도 그 마음들은 거기 분명하게 남아 있다고.

그 덩어리는 가해자에 대한 옹호나 폭력의 낭만화일까. 사랑의 본질을 배반하고 여성을 훼손하는 일인 걸까. 그도 아니면 내 어딘가가 고장 났다는 증거일까. 불가해하고도 무성한 나의 DMZ를 보고 있자면 조금 슬퍼진다. 어쩌면 나는 불화하는 사람일 뿐인지도 몰라. M과도, M을 설명하는 일에도, 나는 내가 확실하게 느끼는 걸 왜곡하는 타인과 여지없이 불화하고 또 그래야 한다고 느끼니까. 과거는 수정할 도리 없이 내 안에 있다. 나는 누락하거나 왜곡하거나 변명하고 싶지 않다. 있음을 내버려두는 일이 아주 중요한 무언가를 지키는 일이라고 느낀다.

그게 내가 불행을 사랑한다는 뜻은 아닐 것이다.

언젠가 산책을 할 겸 멀리 걸어 석촌호수까지 나갔다. 막상 도착하니 사람들이 복작거리는 탓에 산책은커녕 걷기도 어려웠다. 벚꽃을 보려는 인파가 몰려드는 시즌이었다. 다행히 벤치가 군데군데 비어 있어서 산책을 포기한 채 나른하게 앉아 끝없이 이어지는 인파와 흐드러진 벚꽃을 구경할 수 있었다. 무더기의 꽃도 사람도 참 오랜만이구나, 하는데 누군가 내 앞을 지나가며 카악 퉤, 하고 가래를 뱉었다. 화들짝 놀란 걸 숨기며 아무것도 못 들은 양 소리 반대편으로 고개를 돌렸다. 몇 초 후 조심스레 고개를 다시 돌리자 바닥에 들러붙은 가래가 눈에 들어왔다. 걸쭉한 타액은 세상이 서로 다른 것들로 구성되어 있다는 걸, 그중 일부는 사랑받아 마땅하고 일부는 도저히 동의하거나 참을 수 없는 것들이라는 걸 상기시켰다. 그건 그 무렵 인파가 몰려드는 곳을 피했던 이유이기도 했다. 사람이 많이 모이는 장소에서는 어김없이 두려워졌던 것이다.

저렇게 많은 사람 중에는 연인의 벗은 몸을 온라인에 올리는 이나, 광화문의 유족들 앞에서 보란 듯 음식을 먹던 이도, 사랑하는 사람을 때리는 이도 있지 않을까……. 나도 오래전 M과 벚꽃을 보러 간 적이 있었으니까.

　급작스레 절망적인 기분이 되어 집에 가려 일어나는 순간 스피커에서 음악이 흘러나왔다. 익숙한 멜로디였는데 제목이 기억나질 않았고 기억해내고 싶은 마음에 엉거주춤 다시 자리에 앉았다. 음악을 다 듣고 주변을 둘러보니 그새 해가 저물고 있었다. 가로등 조명이 켜졌고 빛을 받은 꽃잎이 이리저리 휘날렸다. 밤이 벚꽃을 팝콘처럼 튀겨냈고 그 아래 한층 더 불어난 사람들이 손을 깍지 끼거나 다정하게 몸을 밀착한 채 걸었다. 그 광경을 넋을 놓고 지켜보는데 저 멀리 낯익은 얼굴이 사람들 틈으로 유유히 스며들었다. 아까 가래를 뱉은 이 같기도 했고 아닌 거 같기도 했다. 나도 모르게 눈을 깜빡였다. 아름답지 않은 존재가 스며 있는데도, 아름다움을 느끼는 게 부당하게 느껴졌다. 나는 석촌호수의 풍경에서 무언가를 보지 않으려고 안간힘을 썼다.

　저 많은 사람 중에는…….

　풍경은 마음을 빼앗기 충분할 정도로 아름다웠다. 벚꽃은 내가 아는 모든 가치와 무관하게 피어 있었고, 반사되는 빛에 사람들은 다 비슷한 얼굴인 듯 보였다. 나는 그 불가해함을 오랫동안 바라보았다.

왜 오래된 연인은 전처럼 키스하지 않을까

•

동거인이 변했다.

사귄 지 얼마되지 않아 그는 나를 뚫어지게 보다가, 창피해 시선을 돌리더니, 마침내 듣기 좋은 목소리로 "이 거 실화냐!"라고 했다. 어찌할 줄 모르는 이 앞에서 대담 해지던 나는 그가 시선을 피할수록 더 당당하게 그를 쳐 다보았다. 나의 도발이 나름 쓸만했는지 그는 나와 입이 닿아 있는 내내 뗄 생각을 안 했는데.

그랬던 그는 이제 없다. 한번은 로션을 치덕치덕 바 르고 침대로 간 나와 키스하던 중 동거인이 빵 터진 적이 있다. 영문을 모르고 멀뚱히 쳐다보는 내게 그는 "잘 닦은 감자 같아"라고 말했다. 숨이 넘어가기 직전인 동서인의 목소리는 퍽 경박하다.

아니 저기, 우리는 침대 위에 있고 저는 가벼운 옷차림인데요. 야 이 자식아 지금 이럴 때냐고……

남들은 연인에게 우리 공주라고 하던데 나는 잘 닦은 감자구나. 언젠가 내 얼굴을 보며 멍하니 반한 눈으로 실화냐 운운하던 사람이 저러는 게 실화인가 싶었다. 황망해진 나는 분노할 틈도 없었다. 도리어 둘 다 배를 잡고 웃었다. 나는 눈물을 흘리면서 너 왜 나를 욕망 안 하냐고 끄윽끅 책망하고, 그는 반은 실성한 채 침대 구석에서 항복했다.

그런 일은 자주 일어난다. 우는 것처럼 웃다가 무드가 흩어져버리는 일. 슬그머니 올라온 성욕이 다른 무언가에 압도당해버리는 일. 그럴 때마다 벅벅 이를 갈던 나는 마침내 "실화냐!" 하며 뱉던 탄성이 가끔 좀 그립다고 그에게 말한다. 이봐, 내가 생각한 침대 위의 항복과 지금 너의 항복은 꽤 다른 구석이 있어. 우리는 사이좋게 떠든다. 그동안 그는 내 몸 위로 다리를 올리고, 나는 잘 아는 무게를 덮는다. 서로를 바라보며 아무 말이나 해대는 건 하루를 마치는 우리만의 의식이다. 적당히 몸이 데워지고 눈을 끔뻑이게 될 즈음이면, 우리는 서로에게서 떨어져 똑바로 눕는다. 오래전 한 사진전에 갔다가 뒤엉켜 잠든 연인의 사진을 보고는 참 로맨틱하다고, 그런 게 사랑이라고 생각했었는데. 그에 비하면 따로 또 같이 누워 있는 우리는 로맨틱은 개뿔 꼭 나란한 송장 같다. 그러나 그도 나도 서로가 반듯하게 누워야 푹 잘 잔다는 걸 안다. 서로 작게 코를 고는 타이밍도, 멎는 타이밍도 알고 있다. 낯선 곳에서는 잘 못 자는 우리는 함께 있을 때만큼은 관에 있는 사람마냥 아주 잘 잔다.

열정…… 뭐 그런 걸 잃어버린 걸까?

그럴 수도 있다.

집 안에서 헐렁한 티셔츠와 팬티만 입고 돌아다니는 내게, 동거인은 유혹당하긴커녕 제발 바지 좀 입으라고 하니까. 그럼 나는 엉덩이와 허리를 돌리며 어디선가 본 섹시한 춤을 춰준다. 나름의 도발에 그는 또다시 침대 위에서 눈물을 흘리며 항복한다. 그건 여전히 내가 생각하는 항복은 아니지만, 어쨌거나 항복은 항복이므로, 나는 팬티차림으로 그를 제압했다는 쾌감과 함께 묘한 패배감을 느낀다. 혼란에 빠져든 내 얼굴로 그는 입술 대신 카메라를 들이댄다. 함께 산 이래 그에게는 핸드폰 저장 공간이나 필름을 낭비하는 취미가 생겼다. 오래전 그의 사진첩엔 내가 얼굴을 가리고 수줍어하는 사진이 많앗는데, 몇 년 전부터는 못 봐줄 꼴로 눈을 번득이고 있는 사진이 대부분이다. 사진첩을 들여다보며 낄낄거리는 동거인을 보거나, 사진첩에서 나도 모르게 잘 닦은 감자를 발견할 때면 뒤늦은 후회가 밀려오지만. 결국은 그가 제대로 못 찍은 거라고 결론짓는다. 어쩔 수 없이 계속 함께해야 하는 이유를 추가하면서, 나는 기왕 카메라를 든 김에 인생 사진이나 프로필 감을 내놓으라고 윽박지른다. 동거인은 수줍어하던 내 옛 사진을 들이밀며 얘를 돌려달라 한다. 그 아이는 내가 죽여버려서 세상에 없다고 응수한다. 내가 여전히 개였으면 동거인은 다른 방식으로 내게 항복했을까? 어쨌거나 그는 감자와도 무드 잡을 땐 잡는다. 그래서 나는 굳이 옛 사진첩 속 그 아이가 되려고 노력하지 않아도 괜찮다. 그도 마찬가지다.

처음 여행을 같이 갔을 때 입었던 바버 재킷, 드립커피를 알려주던 날 입었던 청재킷, 기념일에 걸치고 나온 코트……. 동거인이 나를 유혹하려던 날 입었던 옷들을 포함해, 나는 이제 동거인의 옷장에 뭐가 걸려 있는지 다안다. 그가 깔롱부리고 싶은 날이면 어떻게 입을지, 무슨 향수를 뿌릴지 뻔하다. 그의 풀세팅은 긴장이나 감탄을 자아내기보다는 기특하다. 나는 동거인이 외모에 애쓰는 날마다 누구를 꾀려는 수작질인지 취조하는 동시에 칭찬을 잊지 않는다. 그는 이상하게 꼭 수염을 기르고 싶어 해서, 나는 내가 느끼는 따가움보다 네 멋이 우선이라면 그러도록 하여라, 나중에 나도 수염을 길러 복수해주겠다, 하고 너그러이 생색을 내기도 한다. 그럼 그는 수염이 닿지 않게 입술을 쓰는 법을 개발해냈다며 능청스레 제 얼굴을 가져다 댄다. 그게 웃긴 나머지 키스는 또 망하지만, 아마 내가 바득바득 우기면 면도를 하고 나타날 사람이 그라는 것도 잘 알아서, 그의 수염 같은 일이 우리에게는 참 많아서, 나는 꽤 많은 걸 굳이 우기지 않는다.

왜 오래된 연인은 전처럼 키스하지 않을까?

언젠가 위 문장을 몇 번이고 반복해 일기에 적었다. 당시 나는 사랑이 놀이공원에 입장하는 순간과 비슷하다고 여겼다. 들뜨고 휘몰아치는 욕망, 팽팽한 긴장과 동요 없이는 관계가 지속될 수 없을 거라고 생각했다. 상대에게 로맨스를 일으키지 못하는 여성이 될까 초조해했다. 연애 초반의 떨림은 소중했던 반면 관계가 지속되며 생기는 평온은 차라리 불길하게 느껴졌다. 그러니까 저 문장은 질문이라기보다는, 시간과 함께 모든 게 변해버릴지 모른다는 불안, 혹은 참을 수 없는 권태에의 두려움을 표현한 셈이었다.

　하지만 어쩌다 오래된 연인이 된 지금 동거인과 나는 전처럼 키스하지 않는다. 그는 이제 쉽사리 흔들리거나 긴장하지 않고 굳이 무게를 잡지도 않는다. 나는 수줍어하지 않고 우스운 춤을 춘다. 과거에 예상했던 대로 우리는 같은 시간을 품으며 정말로 변해버린 것이다. 로맨스보다는 나란히 관에 누운 듯한 형태로. 다만 그런 걸 이어나가는 우리가 무언가를 증명하는 것도 같아서, 나는 이따금 그의 얼굴을 빤히 바라본다. 한때 나를 긴장하게 했고, 이제는 보기만 해도 그냥 실없이 웃음이 나는 얼굴을. 이건 실화가 분명하구나. 그리고 그 얼굴이 놀랄 만큼 가깝게 느껴지는 때마다 생각한다.

　저기, 어쩌면 우리가 타고 있는 건 제자리에서 요동치는 놀이공원의 바이킹이 아니라, 파도에 맞춰 나아가는 배일지도 몰라.

　영영 돌아오지 못하는 곳으로 가보는 건 어떨까?

　그렇다고 과거가 그립지 않은 건 아니다. 나는 내가 앞으로도 종종 우리의 처음을 곱씹고 "실화냐"를 내뱉는 그를 그리워할 거라는 걸 안다. 다름 아닌 그것이 그와 나를 여기로 데려다주었으니까. 모든 것이 변화하지만,

과거는 사라지지 않고 여전히 여기 있다. 지금 그의 얼굴엔 언젠가 나를 동요하게 만든 과거의 얼굴이 포개지고, 나는 여전히 존재하고 이어지는 사랑에 실없이 웃음을 터뜨린다.

그리해 그와 내가 전처럼 키스하지 않아도, 그가 나를 감자로 보아도, 그의 수염이 나를 찔러도, 변해버린 지금 가끔 서로의 과거가 몽글몽글 그리워져도, 나는 기꺼이 내버려둔다. 그 역시 많은 부분을 내버려두는 걸 안다.

그런 게 두렵지 않은 걸 보면, 나도 변한 것이다.

천천한 죽음

·

내게는 좀처럼 달성하기 어려운 비밀 퀘스트가 몇
몇 있는데, '궁극의 겨울 아우터'도 그중 하나다. 적당한
광택과 두툼하면서도 가볍고 멋스러운 핏, 두고두고 입
을 수 있는 내구성과 클래식함, 어떤 룩에도 어울리며 어
느 장소에서도 초라하지 않을, 빛나는 겨울옷. 나는 궁극
의 아우터를 입을 내 모습을 오랫동안 상상하며 돈을 모
아왔다.

하지만 유행이 변하거나 물가가 오르는 속도는 돈
이 모이는 속도보다 빨랐다. 나는 큰돈일수록 확신 없이
잘 쓰지 못하는 편인데, 모아둔 돈으로 살 수 있는 옷 중

엔 마음에 드는 옷이 없었다. 무엇보다 내가 30만 원을 모으면, 주변에서는 50만 원짜리 아우터를 입었다. 내가 50만 원을 모으면, 주변에서는 100만 원짜리 아우터를 입었다. 제대로 된 겨울 아우터의 기준은 계속해서 변했고 모아둔 돈은 언제나 모자랐다. 그렇게 나는 매해 겨울 무엇도 사지 못하고 미루다가, 계절이 끝나고 매장에 봄옷이 나올 무렵 다짐하기를 반복해왔다. 지난겨울에도 마찬가지였다.

어쩔 수 없지 뭐. 이번엔 넘어가고 내년에 사야지. 궁극의 겨울 아우터를.

올해도 사지 못했다. 유독 가족들이 병원에 갈 일이 많아 정신이 없고 바빴다. 대신 몇 가지 비밀 퀘스트를 덤으로 얻게 되었다. 그중 하나는 할머니에게 지난 내 잘못을 만회하는 것이었다. 할머니는 한 해 내내 중환자실을 들락거렸다. 할머니가 처음 중환자실을 갔던 때 전화가 안 되는 걸 알면서도 목소리라도 들을 수 있지 않을까, 혹시 마지막이진 않을까 싶어 한동안 아침저녁 집을 나서고 들어오는 길마다 수신되지 않는 전화를 걸었다. 무심히 반복되는 통화 연결음을 듣고 있자면 옛날 생각이 났다. 고등학생 때였나, 깨진 유리컵을 대충 싸서 휴지통에 버린 적이 있었다. 평소처럼 휴지통 가득 쓰레기를 꾹꾹 밀어 넣던 할머니는 내가 버린 유리컵의 단면에 찔려 다쳤다. 엄마 아빠가 자주 싸우던 그즈음 할머니는 집 안이 어질러진 꼴을 보질 못했고 매일같이 휴지통을 비웠다. 반면 그즈음의 나는 매일 울분을 쌓았고 그걸 어디에라도 쏟아버리고 싶어 했다. 그래서 다친 채 잔소리하는 할머니에게 소리를 질렀다. 그러게 왜 맨날 쓰레기통을 그렇게 꾹꾹 눌러대냐고, 망할 놈의 집구석도 할머니 결벽증도 지긋지긋하다고. 충격으로 입을 벌린 채 손녀를 바라보던 할머니의 얼굴. 나는 사경을 헤매는 할머니에게 전화할 때마다 그 얼굴을 떠올렸다. 할머니의 손에서 난 피가 팔꿈치까지 흐른 거나, 내가 그걸 보고도 현관문을 쾅 닫고 나간 것도. 모두 지나치게 선명해 매일 핸드폰을 들고 길에서 울었다.

다행히 할머니는 몇 번이나 기적같이 살아 돌아왔다. 산 사람에게는 필요한 게 많았다. 나는 반가운 마음으로 매주 요양원에 필요한 물건과 먹을거리를 사서 보냈다. 혹 돌이킬 수 없는 일이 일어날지도 몰라서, 얼마 남지 않았다고 생각해서 최선을 다했다.

하루는 집에서 빨래를 개는데 티브이에서 요양원

광고가 연달아 방영되었다. 나도 내 부모도 병원에서 생을 마감할 확률이 높았다. 광고에서 말하는 금액을 계산하며 수건을 차곡차곡 갰다. 이 수건처럼 차곡차곡 뭐라도 모아두어야겠구나. 그러다 문득 몇 년째 겨울 아우터를 사지 못했다는 걸 깨달았다. 요양원에 모기와 바퀴가 들끓는다고, 침대가 춥다는 할머니의 말에 나는 조금 모아둔 돈으로 벌레퇴치제와 패딩 점퍼를 사서 보냈다. 더 좋은 물건을 못 본 척, 개중 가성비가 좋은 것으로 골라 보내면서 생각했다. 각자의 옷장이 다르듯 각자 생의 마무리 역시 다르겠구나. 할머니를 더 좋은 곳으로 옮겨주고 싶고, 나도 더 좋은 겨울옷을 사고 싶지만, 우리의 최선은 당장을 버티는 것. 예전엔 죽음이 평등하다고 생각했지만, 죽음은 추위 같은 걸지도 몰랐다. 바꾸지는 못해도 조금 더 견디게 해주는 것들은 분명히 존재한다는 점에서.

그럴수록 열심히 내 일을 해야 한다고 정신을 붙잡았다. 하지만 빈 문서 앞에 앉아 있으면, 태양 아래 오래 버티고 있던 사람처럼 화면이 하얗게 번져오고 입이 바싹바싹 말랐다. 할머니의 생이 임시방편으로나마 이어지는 동안 내게 필요한 것을 하나둘 미루면서, 매번 그것이 마지막이라고 생각했다. 그러나 모아둔 돈이 속절없이 줄어갈 때마다 할머니의 생이 얼마나 늘어났는지, 그럼으로써 내게 아직도 얼마나 많은 퀘스트가 미뤄지고 또 남아 있는지 실감할 수밖에 없었다. 끈이 거듭 풀리는 신발을 신고 달리기를 하는 기분이었다. 아무리 끈을 꽉 조여 매도 계속해서 매듭이 풀려서, 나 혼자 중간중간 멈춰야만 하는 달리기. 사람들이 멀어지는 걸 우두커니 바라보는, 그런 달리기.

사람은 생각보다 끈질기다고, 쉽게 죽지 않는다고, 노인은 조금이라도 거동이 편하실 때 돌아가시는 게 나을 수도 있다고, 외할아버지를 살뜰히 몇 년이나 챙긴 엄마는 가끔 혼잣말했다. 담담한 엄마의 어투는 꼭 오랫동안 살아 있는 사람을 비난하는 것 같았다. 할머니가 죽을까 전전긍긍하던 무렵 나는 엄마의 말이 잔인하다고 생각했다. 할머니에게 전화도 잘 하지 않고, 할머니가 거기서 어떤 식으로 생활하는지 모르는 아빠와 큰 아빠도 마찬가지였다. 이따금 그들은 할머니를 요양원에 보내놓은 것으로 자신은 최선을 다했다고 여기는 것 같았고 그마저도 지쳤다는 듯 말했다. 왜 내 주변 어른들은 그저 나이 든 사람이 죽기를 기다리는 것처럼 보일까, 생각했다.

하지만 얼마 전에는 나조차 아침에 할머니에게 온 전화를 보고도 저녁에야 다시 걸었다. 이제는 부재중 전화가 할머니에게서 와 있어도 곧바로 전화하지 않는다. 몇 년째 입어온 코트가 너무 얇고 춥다고 느낀 날에, 잘 차려입고 나가야 하는데 옷장에 마땅한 겨울옷이 없다고 느낀 날에, 내가 너무 초라하게 느껴진 어느 날에, 나는 할머니에게 보낼 생필품을 주문하며 잠깐 생각했다.

할머니, 언제 가?

혹시 할머니가 정말 죽으면, 나는 내가 했던 생각들을 뉘우치며 많이 울까. 할머니가 정말 죽으면, 할머니의 영혼은 내가 했던 생각들을 알아채고 많이 슬퍼할까. 무심코 삼켰던 말조차 이제는 돌이킬 수 없기에, 장례식장의 사람들은 그렇게 우나.

잘 모르겠다. 다만 비로소 주변 어른들의 마음을 이해하게 되었다. 무언가를 너무 거듭 각오하다 보면, 차라리 무언가가 그 각오를 끝내주길 바라게 되기도 한다는 것. 이제 나는 그들이 할머니가 죽기를 기다린 게 아니라는 걸 안다. 이해할 수 없던 사람을 이해하게 되면서, 조금 더 어른이 된 것도 같다.

죽음은 갑작스러운 것이라고만 생각했다. 할머니도 그랬을 것이다. 정신이 있었을 적 할머니는 자신은 곧 갈 거 같다고, 너무 힘드니까 그냥 빨리 죽었으면 좋겠다고 웃으며 말했다. 그러나 최근 전화에서 할머니는 살려달라고 했다. 폐가 심장을 눌러 호흡이 힘겨워지자 무너지는 건물처럼 고함을 쳤다. 그런 일이 거듭되며 할머니는 변했다. 죽음 앞에서 전과 달라진 나의 할머니는 자기 할 말만 거칠고 숨 가쁘게 뱉는다. 그만으로도 남아 있는 시간이 부족하다는 듯이. 하루에 할머니가 뱉을 수 있는 말이 몇 없기에, 고르고 골라서 내놓는 말이라는 듯이. 다만 이제 죽음이 천천하다고 생각하는 나는 이따금 할머니의 전화를 늦게 받고, 다른 퀘스트를 먼저 처리한다.

어디선가 시는 언어를 고르고 고른 것이라는 말을 읽은 적이 있다. 삶의 우선순위에서 밀린다는 점에서, 늦은 밤 들여다보다 운다는 점에서. 할머니의 말은 어쩌면 시일지도 모른다.

병원을 다녀온 날 저녁, 손잡고 걷는데 동거인이 그랬다. 연애하던 사이였는데 이제 병원을 같이 가는 사이가 되었다고. 어느덧 서로의 가족들이 아파오는 나이가 되었다고. 한 해에 큰 병원을 몇 번이나 다녀왔나 헤아리다 그냥 손깍지에 힘을 주었다. 보통이고 평범한 하루들이 나부끼듯 지나간다. 안다고 생각했던 것들은 계속해서 쓸모없어진다. 어떤 일들은 닥쳐와야만 알게 되고, 그로 인해 아직도 내 앞에 여전히 숱한 퀘스트들이 남아 있음을 짐작하게 된다.

그러나 나른한 내 하루는 무척 튼튼해서 잘 무너지지 않는 것 같고, 어쩌면 그렇게 착각하는 방식으로만 이어질 만큼 연약한 것 같다. 그도 아니라면 일상이 눈치채지 못하도록, 슬픔을 몰래몰래 몰아서 잘 해치워온 것일 수도 있다. 설거지를 하다가, 아무도 없는 산책로를 걷다가, 빈 화면 앞에 앉아 있다가, 내게 향하는 사람들의 시선을 받다가, 나는 몰아서 하늘을 보고, 몰아서 눈물을 쏟고, 몰아서 유감스러워하고, 몰아서 활짝 웃는다. 무슨 표정을 지을지 모르겠을 즈음 잠에 든다. 미리 해봤자 어차피 언제나 모자랄 것이다.

모두가 결국은 죽는다는 걸 처음 알게 되었던 어린 날에, 나는 가족이 죽는 걸 상상하며 장롱 안으로 숨어들어 울었다. 지금에 비하면 너무나 작은 내 발과 좀약 냄새, 그 아래 이불의 두께만큼 두꺼웠던 나의 공포, 눈물범벅이 된 어린애를 끄집어내면서 웃음을 참던 엄마의 눈가. 나는 내가 미리부터 뭐라도 대비해왔다고 믿었다.

죽음과 죽어가는 과정에 대해 조금은 안다고 착각했다. 지금은 그저 성실하게 미뤄온 게 아닌가, 평생이 임시방편이고 벼락치기구나, 싶다. 다만 수신되지 않는 전화를 아침저녁으로 걸었던 날들이 무색하리만큼, 요즈음엔 길에서 잘 울지 않는다. 거울에 얼핏 비친 내 얼굴은 영영 갚을 수 없을 정도로 커진 빚 앞의 채무자처럼 덤덤해 보였다.

2부

우리가 최선을
다해볼 미래

타인의 기쁨이 되는 기쁨

.

동거인의 본가 주변에는 걷기 좋은 고요한 길이 많다. 본가에서 배불리 먹은 날이면 어머님과 나, 동거인은 그 배를 꺼뜨리려 주변을 함께 산책한다. 어머님은 쉼 없이 직장에 다니며 집안일을 해내고 자식들을 길러냈다. 해낸 일의 대단함에 비해 당신의 손은 무척 자그마해서, 나는 잡기 좋은 그 손을 냅다 잡고 걷는다. 처음엔 당황하시던 어머님도 이제는 내 손을 꼭 잡고 걷는다.

거기에는 동거인의 공도 있다. 선 긋기의 달인인 그의 꼬장꼬장함은 연애를 시작할 때부터 꾸준히 나를 열받게 했지만, 가끔 흐뭇하게도 했다. 나를 두고 자기 집에다 하도 분명하게 선을 그어둔 덕에, 나는 선을 긋는 대신 그 선을 넘나들 생각만 해왔다. 아무것도 하지 않아도 된 나머지 넉넉한 마음으로 어머님을 기쁘게 할 궁리를 해온 것이다. 그래봤자 불필요한 스킨십을 하거나, 가끔 행자 씨, 하고 어머님의 이름을 함부로 부르거나, 가족 앞에서 유달리 무뚝뚝하게 구는 동거인을 장난스럽게 손가락질하는 게 전부지만.

아드님이 밉게 말하기 학원이라도 다니나 봐요. 아들 키워봤자 소용없어 행자 씨!

고작 그런 넉살에 꽃을 만난 벌이 웅웅거리듯 터져 나오는 어머님의 웃음이, 나는 좋다. 적막했던 집 안에 흐르는 활기가, 그걸 엿들으며 휘어지는 아버님의 눈이 좋다. 두 분은 내가 오길 기다리고, 동거인은 그 상황을 어색해하면서도 내심 기뻐하고, 나는 이 모든 사실을 훈장처럼 여기며 좋아해왔다. 그렇지만 가끔은 가슴이 철렁해진다.

만나는 남자의 집에 찾아가 자발적으로 기쁨이 되려 하다니?

취업에 도움이 될 만한 건 뭐든 들으러 다니던 시기, 여대생 대상 커리어 세미나에 간 적이 있다. 강사는 부러 농담하는 투로 앉아 있는 이들을 타일렀다. 신입이 하는 역할일 뿐인데 요즘은 다 너무 예민해. 누가 커피 타 오라고 하면 너무 서럽게 듣지 말고 기왕 그렇게 된 거 맛있게 타세요. 잘 웃고. 좋은 게 좋잖아. 별거 아니잖아요. 사랑받을 줄 알아야지, 여자가.

그때 나는 책상을 뚫어지게 내려다보며 남녀가 함께했던 세미나에선 한 번도 이런 소리를 듣지 않았다는 사실이나, 그럼에도 어디 뽑히기만 한다면 누구보다 맛있게 커피를 타보겠다고 애쓰고 말 내 모습을 곱씹었다. 졸업할 무렵의 나는 여성에게 당연시되는 부당한 요구들을 인지하고 또 제법 잘 골라낼 자신이 있었다. 신기할 만큼 사회가 한 방향으로 움직여서였다. 여자로 태어난 이상 나 자신을 우선해선 안 된다는 것. 그것은 대학에서의 공부로 알게 된 것이기도 했고, 삶의 여러 경험이나 남성과의 관계가 쌓이며 짐작하게 된 것이기도 했다. 자신에게든 타인에게든, 늘 우선순위에서 밀려난다는 게 어떤 마음인지 아는 다른 여성들과 만나오면서, 이게 가부장제의 소산이라는 걸 새삼 눈치채기도 했다. 이러한 방향은 옳지 않다고, 반복되어선 안 된다고, 알게 된 이상 무어라도 바꾸어야 한다고 생각하고 있었다.

동시에 나는 매해 크리스마스카드를 만들어 선물하던 청소년에서 좀더 자란 어른에 불과했다. 종업식을 앞둔 중학교 교실에서, 나는 친구 자현에게 카드 두 장을 건넸다. 하나는 자현이 거, 하나는 자현이 엄마 거. 다음날 내 자리에 온 자현은 자기 엄마를 흉내 냈다. 즈응말 개는 사랑받을 줄 안다니까!

빨간색 종이를 트리 모양으로 공들여 잘라내고 그 위에 펜을 바꿔가며 메리 크리스마스를 몇 번이고 고쳐 쓰던 겨울밤 내내, 나는 아줌마가 기쁘면 자현이도 기쁠 거라고 생각했다. 자현이의 세상이 기쁘면 나도 기쁠 거라고, 그리하여 우리의 우정이 공고해질 거라고 생각했다. 일종의 미신처럼 아무도 시키지 않은 짓을 먼저 하면서 그게 불러올 결과를 지레짐작했다. 애정하는 이에게 환심을 사고 싶은 충동, 타인의 기쁨이 되는 기쁨을 갈구하는 버릇이 일찍부터 있었다는 이야기다.

늘 내가 속하고자 하는 세상에 잘하지 않을 자신이 없었다. 그러한 태도는 청소년기 우정에서는 비교적 괜찮았을지도 모른다. 하지만 여성에게 자신보다 타인을 우선하라고, 사랑받는 존재이자 기쁨이 되라고 강권하는 사회에서는 충분히 문제적이다. 그럼에도 자기 안에 새겨진 관성을 처리하는 건 쉽지 않았다. 그 무렵 결혼을 생각할 정도로 좋아하는 남자를 만나던 친구는 나와 비슷한 고민을 하고 있었다. 그는 시부모에게 잘해야 하는 것보다도, 사랑하는 이와 그가 속한 세계에 잘하지 않을 자신이 없다고 했다. 내가 밥을 차려주고 싶으면 어떡하지? 그의 집에 갔는데 내가 나서서 과일을 깎으면 어떡하지? 아이를 낳았는데 당연하다는 듯 내가 애를 떠맡으면 어떡하지? 걔를 사랑하느라 나를 사랑하지 못하면 어떡하지? 아이의 세상에서 이 일이 반복되면 어떡하지?

나와 내 주변 여자들에게 고민의 공유는 중요했다. 그건 우리가 무엇을 바꿀 수 있는지, 무엇이 될 수 있는지와 밀접하게 연결되어 있었다. 우리는 자꾸 스스로를 잃을 만큼 타인을 헤아리려 들었던 것이다.

반면 남자들과 같은 이야기를 하다 보면, 그들이 내 말을 이해하긴커녕 전혀 듣고 있지 않다는 걸 알 수 있었다. 그들은 내 말이 끝나자마자 초조하게 혹은 거칠게 물어왔다. 그래서 너는 명절에 너희 집부터 갈 거야? 우리 집에서 설거지 안 하고 과일 안 깎을 거야? 진짜 집안일 안 할 거야? 밥 안 차려줄 거야? 너 할 일 하겠다고 이기적으로 애를 버릴 거야?

너 그런 애야?

그들이 특별히 나쁜 사람은 아니었을 것이다. 거기에는 단지 어떤 두려움이 투영돼 있을 뿐이었다. 나는 네가 사랑스러운 아내, 며느리 노릇을 안 할까 봐 두려워. 네가 내 세상의 기쁨이 되지 않을까 봐, 네가 여자의 역할을 팽개치고 너 자신이고자 할까 봐 두려워. 그들에겐 대체로 내가 좋아할 만한 장점도 있었으므로, 나는 참을성 있게 대답했다.

내가 나 자신을 팽개칠까 두렵다는 거야.

동거인과 함께 살게 된 이유를 헤아리다 보면 자연스레 지나간 사람들이 떠오른다. 그들은 모두 나의 두려움을 이해할 생각이 없었으므로 나는 그들을 떠날 수 있었다. 그러나 때론 그 사실이 마음에 걸린다. 만일 단 한 명이라도 타인의 기쁨이 되어야만 하는 슬픔을 헤아렸다면, 그런 시늉이라도 했다면, 나는 그들이 원하는 대로 하고 말았을 걸 안다.

짐을 완전히 합치기 전까지 동거인의 집과 엄마 집을 꾸준히 오갔다. 동거인의 옆집엔 혼자 사는 할머니가 있었다. 그는 동거인의 집에 드나드는 나를 수상히 여기며 둘이 결혼은 했냐고 물었다. 나는 고심하다 대충 결혼했다고 답하고 그 후 마주칠 때마다 먼저 인사를 건넸다.

하루는 옆집 할머니가 얼굴을 찌푸리며 말했다.

신랑 밥 안 챙기고 어딜 쏘다녀. 집안일 안 해?

동거인은 무시하라고 했다. 정작 자신과는 말 섞은 적도 없으면서 너한테 괜한 소리를 한다고, 이상한 노인 네라고도 했다. 동거인이 그래 주어서 좋았다. 나와 달리 명쾌한 그는 역시 선을 긋는 데 일가견이 있었으니까. 동거인은 그럴 수 있었다. 누구도 그에게 대뜸 와이프 밥 안 챙기냐고, 집안일은 잘하고 있냐고 묻지 않으니까.

나는 동거인처럼 할 수가 없었다. 오히려 나는 동거인의 밥을 잘 챙겨주라 말하던 주변 사람들의 안부 섞인 말을, 그 외에도 사는 내내 무시하기 어려울 정도로 들어온 말들을 생각했다. 한 명의 말을 무시한다고 해결되지 않는 내 삶의 맥락들을 곱씹었다.

같이 산 이후로 나도 모르게 동거인의 밥을 챙기거나 집안일을 해치우려 든다. 동거인이 선을 그어줘도 동거인의 가족에게 무심코 다가가고야 만다. 거기엔 애정하는 이에게 환심을 사려드는 나의 버릇이, 타인의 기쁨이 되는 기쁨을 일찌감치 깨우친 나의 성향이, 무엇보다 그를 사랑하는 나의 마음이 있다. 동시에 거기에는 옆집 할머니의 말이, 나를 통과한 숱한 맥락들이 겹겹이 존재한다. 동거인을 사랑하는 나의 방식엔 나를 훈련시킨 세상의 흔적들이 묻어 있다. 그것들은 무 자르듯 나뉘지 않는다.

나는 가부장제를 뼛속 깊이 체화한, 사랑받기 위해 애쓰는 여자에 불과한가? 어쩌면…….

한때는 맞춰보려 애썼고, 이제는 애쓰지 않으려고 애써서, 동거인과 같이 사는 내내 어쩐지 두 배로 애쓰느라 기진맥진해졌고 어떤 강요 없이도 나를 잃는 기분이 들곤 했다. 침울해하는 나를 위해 동거인은 선을 그어주거나 다독인다. 그냥 하지 마. 안쓰러움과 사랑을 표현한다. 나는 거기서마저 그가 나 같은 식으로 애쓰도록 프로그래밍되지 않았다는 걸 알아챈다. 그와 내가 환심을 사거나 관계를 맺는 방식은 우리의 성별이 사회에서 요구당해온 것과 결코 무관하지 않다. 그로 인해 나는 첫 책에 쓴 것처럼, 적자인 삶과 흑자인 삶이 가질 수 있는 태도의 차이에 대해 여전히 생각하고 있다.

몇 년간 나는 '여성이라면 절대로 그러지 않을 거야' 같은 유의 주장이 그저 도덕적 과시에 불과할지도 모른다고 생각해왔다. 누구나 상황에 따라 흔들리고 사로잡히고 달라진다. 내게 페미니즘이란 내가 놓인 곳에서 질문을 거듭하고 스스로를 훈련하는 인식론이다. 동시에 자신을 페미니스트라고 칭하는 일이 어떤 상황에서도 주체적이고 독립적이며 굳건한 여성이자 본보기가 되고 싶었던 마음과 무관하지 않다는 걸 매번 확인한다. 그런 여성이 되면 다른 여성에게 환심을 살 수 있을 거라고, 그들의 삶에 더 많은 기쁨이 생겨날 거라고 기대하는지도 모른다. 나는 미신을 믿듯 아무도 시키지 않은 짓을 하면서 그게 불러올 결과를 속단해왔으니까. 메리 크리스마스를 몇 번이고 고쳐 쓰던 어느 겨울날의 밤처럼, 용기 내 먼저 어머님의 손을 잡던 날처럼.

사랑하는 사람과 사랑을 주고받는 일이 내게 언제나 가장 큰 의미라는 사실은 어떤 식으로든 나를 괴롭혀왔다. 여전히 타인의 기쁨이 되어야만 하는 슬픔을 해결하지 못하고 있으니까. 나의 충동과 버릇은 내가 원하는 나의 모습을 오염시키고, 타인을 너무 헤아리다 못해 나를 잃어버릴 거 같으니까. 그럼에도 나는 타인의 기쁨이 되는 기쁨을, 내게 중요한 이에게 사랑받기를 포기하지 못한다. 그러다 정신을 차려보면 오늘날 내가 원하는 여성상과 실제 나 사이에서 이렇듯 다툼이 벌어진다. 그럴 땐 여름날 시원찮은 에어컨을 바라보듯 거울을 들여다보게 된다. 내가 느끼는 게 과로인지 슬픔인지 혼동하면서. 그저 알 수 있는 건 단 하나, 이 느낌이 또렷한 신호라

는 것이다. 그것이 내게 필요하다는, 그리고 중요하다는
신호.

학생이라는 쉬운 부름

.

학생? 신분증 봐봐.

마스크 때문에 마주하는 사람의 나이를 가늠하기 어려웠던 시기, 신분증을 요구받는 일이 종종 있었다. 저, 서른둘인데요……. 손에 들린 맥주와 머쓱해하는 내 얼굴을 번갈아 바라보던 편의점 사장님은 곧바로 카드를 받아들었다. 난 또 학생인 줄 알았네, 기분 좋겠어. 나는 예, 예, 하고 건성으로 웃어 보이며 며칠 전 미용실 디자이너도 비슷하게 물어오던 걸 떠올렸다. 학생이죠?

바깥바람이 주머니 속 맥주만큼이나 차가웠으므로

발걸음을 재촉했다. 사람들은 자주 묻는구나, 꼭 학생이 아닌 청소년이나, 대학생이 아닌 20대 초반 성인은 없다는 듯이. 마침 수능 시험일이었고 거리에는 수험생 할인 이벤트를 알리는 포스터와 현수막이 큼직하게 붙어 있었다. 뉴스에는 수험생에게 놀이공원이나 문화행사의 할인 혜택을 제공할 거라는 소식이 있었고, 티브이에선 수험생들의 안전을 위해 총력을 기울이겠다는 고위 공무원의 말이 반복 재생되었다. 수능을 앞두고 며칠은 표가 다급한 정치인들이 특목고를 유치하겠다 외치는 걸 보거나, 지식인들이 자신의 수능 경험과 교훈을 버무려 수험생들에게 응원을 건네는 걸 읽어내리며 밥을 먹었다. 밥알을 꼭꼭 씹으면서 생각했다. 누구에게나 기본값이 학생인 양, 그들만이 희망이자 미래인 양, 지치지도 않고 매해 외치는구나.

정말, 없는 것처럼.

그들은 말하지 않는다. 모든 청소년이 교복을 입는 건 아니라고. 학생이라는 단어는 돌봄이나 경제적 조건을 전제하지만, 돌봄의 대상이 아닌 돌봄 행위자인 영케어러(young-carer)들은 누군가를 돌보거나 스스로를 건사하기 위해 학교 바깥으로, 복지의 시야 바깥으로 뿔뿔

이 흩어진다고. 그들은 또한 말하지 않는다. 학생이라 해도 모든 학생이 대학수학능력시험을 보는 건 아니라고. 여수의 한 요트 선착장에서 특성화고 학생이 사망한 것처럼, 수험생이 아닌 학생 중 몇몇은 미래를 꿈꾸며 나간 실습 현장에서 너무 당연한 게 지켜지지 않아 일어난 사고로 죽는다고. 마찬가지로 그들은 말하지 않는다. 성인이 된 모두가 대학생이 되는 건 아니라고. 대학을 거치지 않은 상당수는 사회적 편견에 부딪히며 스스로를 탓하는 데 익숙해진다고. 겨울의 초입, 자신이 깨끗하게 지워진 풍경 속에서 마음이 부서지는 사람들이 있을 수도 있다고.

학생?

그렇게 물어보는 이들을 미워하고 싶지 않다. 나 역시 그 단어가 포괄하지 않는 것들에 대해 잘 아는 사람은 아니니까. 오히려 나는 함부로 말하는 사람에 가까울 터였다. 몇 년 전 수능 시험일, 나는 짧은 글을 써서 SNS에 공유했다.

커튼을 뚫고 시험지로 쏟아지는 햇빛 때문에 두 번째 수능을 망쳤다, 우리를 망치는 건 자수 뜻밖의 것이다, 다만 비란 삶이 아닐지라도 바랜 삶은 볕이 비추고 있었다는 증거다, 오늘이 모두에게 단단한 기억이 되길 바란다.

대충 따스한 서두에 교조적인 마무리를 버무린 내용이었다. 글이 올라온 지 얼마 되지 않아 발 빠른 이가 첫 댓글을 달았고 나는 따뜻한 공감을 예상하며 댓글을 확인했다.

수능에 대한 기억이 없네요 저는^^;;

그의 말은 자신이 대학을 가지 않았음을 전제하고 있었고, 나는 그 글을 황급히 비공개로 돌려놓았다. 어쩌라고? 여기서 왜 그딴 말을 해? 경험상 첫 댓글의 반응이 내가 원하는 결과 다르면 기껏 올린 게시물의 '좋아요' 숫자는 망하곤 했다. 그렇다고는 해도 좀 당황스럽다 싶을 정도로 화가 끓어올랐다. 나는 그 댓글이 무언가를 틀림없이 망쳐놓았다는 생각에 사로잡혀서는 식식대며 그의 SNS를 뒤졌다. 그가 얼마나 형편없는 인간인지, 문해력도 눈치도 없는 인간인지 근거를 수집하기 위해서였다.

며칠이 지나 그간 써온 원고들을 퇴고하던 중에 불현듯 그때 왜 그렇게까지 분노했는지 눈치챘다. 써온 글 뭉치에서는 어딘가에 속함으로써 누군가를 고립시킬 수도 있다는 가능성이나, 다수에 안착하고 싶은 나머지 그렇지 못한 무언가를 지우는 데 동참한 증거 같은 건 보이지 않았다. 오히려 원고 속 화자는 이 사회가 소수자를 어떤 식으로 배제하는지 다 안다는 듯 진지하게 과거를 응시하고 있었다. 그런 응시가 따뜻한 묘사들과 맞물리면서, 글 안의 나는 모든 혐의에서 빈틈없이 벗어난 윤리적 주체처럼 보였다.

댓글을 달았던 그는 나의 윤리적 확신에 균열을 낸 것이다. 그로서는 자신이 수능을 보지 않았다는 사실을 말했을 뿐이었지만, 그의 기억 없음은 진실을 드러나게 했다. 내가 없는 것처럼 말한 존재가 실은 있다는 진실, 나의 세상은 그들을 깨끗하게 도려냈다는 진실, 내가 써낸 글이 어쩌면 성공적인 은폐에 불과하다는 진실.

학생?

그것은 누군가의 세계를 묻는 질문이다. 누군가가 이곳에 속하는지 아닌지를 확인하는 질문이다. 누군가의 있음을, 누군가에 대한 이 사회의 침묵을 우리의 시야에서 묻어버리는 질문이다. 우리는 자꾸 묻고, 또 묻고, 그럼으로써 묻어버리는 것들을 곱씹어야 하는 게 아닐까. 다르게 말하려 노력하면서.

그렇게 하지 못한 말들을 되뇌면서 걸어오는 내내, 발밑에서는 은행이 으깨졌다. 엉망진창인 신발 밑창과 함께 집에 도착하니 짧은 해가 졌다. 지금쯤 수능이 끝났겠지. 나는 눈물을 쏟거나 후련해할 이들의 얼굴과 우리가 모를 각자의 자리에 서 있을 이들의 얼굴을 함께 상상했다. 오늘만큼은 후자와 술을 나누어 마시고 싶다고 생각하며 맥주캔을 땄다. 어느 얼굴도 사라지지 않길 바라는 마음으로.

나와 다른 나의 A에게

•

동거인과 자기 전 조잘조잘 떠들다 글쓰기에 도움이 될 것 같아 양해를 구하고 대화를 녹음한 적이 있는데, 최근 다시 들어보니 믿을 수 없을 만큼 기억과 달랐다. 그때는 동거인이 내 말을 이해하지 못하는 것 같아서 내심 우린 참 타인이다, 싶었는데 지금 들으니 타인인 그의 의견은 나와 다르긴 해도 일리가 있는 말이었고, 마음이 상해서 상대의 말을 제대로 듣지 않는 쪽은 나였다. 고집을 부리는 내 목소리가 무척 낯설었다. 침착한 어투에 은은한 분노가 깃들어 있었다. 조금의 다름 앞에서도 몽니를 부리는 목소리였다.

그렇게 나 자신의 편협함을 반추할 때마다 A를 떠올리게 된다. 처음에는 똑 부러지게 말하는 A의 말투에 반했다. 똑똑하고 매력 넘치고 야망이 많은 애구나. 몇 년 후 A는 SNS에서 내가 반했던 그 어투로 소위 '우파 페미니즘'을 말하고 있었다. A가 쓴 글을 볼 때마다 당황하면서도 팔로우를 끊지는 않았고 이따금 정치색이 덜한 글에 '좋아요'를 눌렀다. 학교에서 마주치면 반갑게 인사했다. 한번은 A가 페미니즘에 관련해 쓴 내 게시물을 공유하는 바람에, A를 팔로우하는 보수 성향 남성들이 몰려와 나를 공격한 적도 있었다. 미안해하는 A에게 괜찮다고 부러 온화하게 말했다. 이 모든 일이 내게는 꽤 의미심장하게 느껴졌다. 그리고 궁금했다. 나는 타인의 다름을 얼마나 받아들일 수 있을까?

궁금증은 쉽게 풀렸다. 힐러리를 비판하는 A의 글에 내가 폭발했기 때문이다. 그걸 읽고 나는 완곡하고도 온건한 말투로 내 계정에 글을 썼다. 수신인은 없었지만, 잘 읽어보면 A를 향하는 비난으로 가득한 글이었다. 페미니즘을 말하면서 트럼프를 지지한다니 부끄러운 줄 알라고, 여성들이 어디서 상처받는지 생각해보라고, 이념이 있으면 이념을 지탱할 맥락을 가져보라고. 쌓아온 경멸을 한 자 한 자 꾹꾹 눌러 담으며, 나는 A에게 괜찮다고 말하면서도 속으로는 늘 이렇게 읊조려왔음을 깨달았다. 잘 봐, 네 말에 동의하는 이들이 어떤 사람들인지. 저런 이들을 주렁주렁 매달고 페미니즘 운운하는 거야말로 똥 같은 일 아닌지. 네가 여자라면 어떻게 그럴 수 있는지.

그날 A의 계정에도 글이 올라왔다. 인권을 말하면서 저 자신만 옳다고 여기는 것은 기만 아니냐고, 동등함을 주장할 땐 언제고 동일하지 않으면 쓰레기 취급을 하는 모순을 참아줄 수가 없다고, 여자를 위하는 척 자신과 생각이 다른 여자는 배제하는 이들이 지긋지긋하다고, 진보적인 분위기의 학교에서 의견이 다르다는 이유로 내내 따돌림당하느라 얼마나 괴로웠는지 아느냐고.

평소 A의 똑 부러지는 말투와는 거리가 먼, 상처받아 지친 사람이 할 법한 말들이었다. A의 글 역시 대놓고 호명하지 않았지만 글의 수신자가 누구인지 알 수 있었다. 그는 다양한 의견이 있는 사회를 주장한다. 가끔은 그와 다른 무언가에 '좋아요' 따위를 누르면서, 상냥하게 굴면서 다름을 받아들인다고도 생각한다. 그러나 누군가 자신의 의견에 "그건 아니죠" 하고 완전히 다른 이야기를 하면, 실수로 삼킨 얼음이 목구멍에 걸린 듯한 기분을 느낀다. 그 얼음은 녹지 않고 남아서 되레 꽝꽝 얼어붙고, 그는 끝까지 웃음을 유지하며 너 따위한테 굽히지 않겠노라고 속으로 다짐한다. 지금껏 사회가 힘없는 누군가에게 해온 것처럼, 상대방의 이름을 지우는 식으로 그에게 닿을 메시지를 전달한다. 그 방식이 무엇이건 더 나은 세상을 위해서라며 자신의 정당성을 확보한다. 수취인 불명이어도 자신이 수신인임을 확신하는 마음과, 주소가 없어도 전달되어버리는 마음이 있다는 걸 모두 알고 있었다 하더라도.

여태껏 숨겨왔지만, 잘 숨겼다고 생각할수록 더 잘 드러나는 마음이었다. 그쯤 되자 내 마음이 A에게 닿길 바랐는지 아닌지, 내가 후회를 하는지 하지 않는지 헷갈렸다. 참담한 기분까지 들었다. 얼마 지나지 않아 나는 글을 지웠고 A도 그랬다.

A와의 마지막 만남은 그로부터 한참 지나선데, 둘 다 얼결에 약속을 잡았던 것 같다. A와 나는 서로를 공격했던 일에 대해선 함구한 채 코앞에 닥친 '취준'을 걱정하거나 딴청을 부렸다. 테이블 위 고여 있던 어색한 침묵이 깨진 건 그즈음 둘 다 시들해진 SNS에 대한 소회를 나누면서였다. 우리 각자에게 추파를 던진 SNS 유명인사를 시작으로, 몇몇 남성 스피커들이 좌파고 우파고 하나같이 징그럽게 굴었다는 걸 알게 되었다. 나는 보수 남성

의 추잡함은 꼴페미한테도 본인 취향의 외양만 보는 데 있고, 진보 남성의 추잡함은 글 쓰는 여자들을 다 꾈 수 있는 양 구는 데 있다고 말하며 목젖을 보였다. A도 배를 잡았다. 아, 언니 그래도 걔들이 더 싫지 않아요? 야, 너야말로 걔들이 더 싫지 않냐?

서로의 정치 성향을 놀리면서, 서로를 도무지 이해할 수 없다고 말하면서.

그제야 나는 테이블 너머 A를 똑바로 볼 수 있었다. 빨대를 만지작거리며 음료를 마시던 A와 나 사이로 우리가 공유하는 지긋지긋함이 흘러갔다. 거기 쉽게 휩쓸리거나 떠내려가지 않겠다는 듯한 표정의 여자들이 테이블 앞에 앉아 있었고, 그 풍경이 싫지 않았던 나는 전과 다른 게 궁금해졌다.

동일하기보다는 동등할 뿐이지 않을까?

이후 나의 편협함과 A의 다름을 조금 수긍하게 되었다. A에게 끝내 동의할 수 없는 부분이 있다는 게 서로 귀 기울이지 않을 이유가 될 수 없음을 알게 되었다. 벽쪽으로 치우쳐 있던 우리의 몸은 어느새 서로를 향해 기울어 있었다. 중심을 잃은 대화도, 가까이서 A의 웃는 얼굴을 보는 것도 즐거웠다. 그 얼굴이 미워질 때조차 쉽사리 사라지지 않을 감정이 테이블 위를 맴돌았다.

다시 돌아와 녹음 얘기를 하자면, 녹음의 끝 무렵 나는 약간 체념한 듯 말하고 있었다. 네게도 너 아닌 타인에게도 내 말이 잘 가닿지 않는 거 같아. 내게 붙는 작가라는 호칭이 무색하게 느껴져. 동거인은 네가 잘하고 싶은 욕심이 있어 그런 것 같다고 다독였다. 당시에는 들리지 않던 말이었다.

그저 당신과의 관계

•

D는 때때로 눅눅한 마음을 담은 긴 카톡을 보내옵니다. 그제도 그런 카톡이 와서, 답을 고심하던 나는 다음 날 차를 타고 이동하면서야 답장을 했어요. 운전하던 동거인은 저를 보며 누구랑 카톡을 하는지 물었습니다. 몇 번 같이 밥 먹고 수다 떨었던 D 있잖아. 왜, 말해줬잖아. 저번에 요 앞에서 만나고 온 걔. 그렇게 말해줬는데도 집요한 동거인은 D와 어떻게 알게 되었는지를 거듭 묻는 게 아니겠어요. 슬며시 짜증이 치밀었습니다. 자신에게 중요하지 않다 여기는 건 머릿속에서 빠르게 지워버리는 주제에, 궁금한 건 못 참고 또 대충 답해주는 건

싫어하는 인간과 살고 있다는 사실을 거듭 깨달았달까요. 궁금하면 물어볼 수도 있는 것이겠지만, 같은 걸 재차 설명해줘야 할 때가 좀 많았어야죠.

그 감정은 사실 동거인의 집요함 때문에 생긴 게 아니었습니다. 인정하긴 싫지만 그냥 좀 민망했던 겁니다. D와 알게 된 경위를 재차 말하는 게.

D와는 온라인으로 알게 된 사이거든요.

그런 게 아무렇지도 않은 사람들도 있겠죠? 나는 이상하게 민망해지고야 맙니다. 말을 뭉개거나 생략하고, 목소리가 가늘어지거나 커지고, 너무 느리게 혹은 너무 빠르게 말하고. 관계의 출처를 밝힐 때마다 내 안에서 어떤 제동이 걸려버려요. 그 제동을, 나로선 퍽 곤란하게 여기고 있습니다.

숱한 수업이나 회의가 비대면으로 진행되는 시대이지 않습니까. 삶에서 온, 오프의 구분이 어려워진 지는 오래고, SNS로 관계를 확장하는 건 그다지 드문 일도 아닌데요. 온라인에서 알게 된 이와 오프라인의 지인이 서로 아는 사이라는 걸 알고, "뫄뫄 님과 아시는군요!" 하고 같이 만나기도 합니다. 그런 일이 쉬운 서울에서 오래 살았고 지금도 그 인접한 곳에 살면서 갖게 된 고만고만한 인간관계나 생활권이야말로 인프라이자 특권이라고 느껴왔습니다. 그렇게 만난 몇몇과는 정말로 자주 보는 사이가 되었고요.

유년기를 인터넷과 함께한 내 또래 중에서도 나는 유독 온라인 관계망에 기대온 편이지 않나 싶습니다. 토끼를 기르며 토끼를 사랑하는 모임(aka.토사모)이라는 다음 카페 정모에 나가고 싶어 애끓던 초등학생도, 만화에 빠져 애니메이션 카페 정모에 나갔던 중학생도 내 주변엔 없었거든요. 그 애는 다음 카페를 거쳐 싸이월드에 몰두하고, 페이스북을 해대다가, 지금은 잠들기 전 한 시간씩 인스타그램을 들여다보며 무의미한 시간을 보내는 어른이 되었는데…….

생애 많은 시간 온라인에서 뿌리 내린 채 가지를 뻗어왔습니다. 온라인으로 파고드는 마음을 조금은 안다는 겁니다. 현실에서는 미움받는 일이 많았던 반면, 온라인에서는 종종 생면부지의 인물이 나를 수긍해주었으니까요. 차라리 피상적이고 느슨해서 따뜻하게 느껴지던 편안함, 척박한 내 삶에 새로운 우정이 싹틀 가능성과 비로소 이해받는다는 안정감, 거기에서 받았던 흥분과 감격이 매번 나를 다시 온라인으로 이끌었음을 기억합니다. 그렇게 만난 사람들과 온라인이 아닌 현실에서도 알고 지내고 싶은 욕구와 결코 그를 생생하게 알고 싶지는 않은 욕구 사이에서의 줄다리기 역시, 기억하고 있습니다.

그런 주제에 "우리는 SNS를 통해 친해진 사이야" 같은 말에 민망해하다니. 이래서는 좀 앞뒤가 다른 거 아닌가, 하고 곤란한 것이죠.

온라인에서 시작된 관계를 가짜로 여기기 때문에 민망한 건 아닙니다. 예를 들어 오랜 친구의 SNS 자아를 가짜처럼 낯설게 느낄 때도 있었던 반면, 온라인으로 알게 된 D가 내게 마음을 털어놓았을 때 느꼈던 뭉클함은 상당히 진짜였거든요. 실은 온라인에서든 오프라인에서든 내가 실재한다 느끼는 관계라면 아무렴 그만이라고 여겨왔습니다만, 그럼에도 불구하고 D를 만나게 된 경위를 말할 때 내 안에 일어나는 제동이 나로선 이상하고 또 궁금한 것이지요.

추측해보자면 온라인 세상에 익숙해져버린 탓도 있을 겁니다. 동질성을 바탕으로 친분을 쌓고, 서로에게 좋아요를 남발하거나 이따금 호들갑을 떠는 식으로 무관심을 은폐하면서, 이 정도다 싶은 느슨한 거리를 유지하길 반복하는 거죠. 그렇게 온라인 세상의 룰에 노련해지면 어느 순간부터는 노력 없이도 온라인 친분이 이어지고 또 생겨나니까요.

유년기부터 온라인에 거주해온 이답게 이렇게나 빠삭합니다. 무언가에 빠삭하다는 건 이미 인식하고는 있지만 쉬이 고칠 수 없는 단점을 가지고 하나 마나 한 고민을 이어간다는 뜻이지요. SNS에서 원하는 이미지로 보이든 보이지 않든 헛헛함은 왜 계절처럼 찾아올까. 온라인에서나마 진짜 나 자신을 인정받고 싶었던 건데, 사실 거기에서마저 나는 타인의 시선을 끊임없이 갈구하고 의식할 뿐이지 않나. 동질성으로 맺어진 사이란 오히려 조금의 다름도 못 견디는 사이를 뜻하는 건 아닐까. 얼굴 한 번 안 본 사람을 고작 터치 몇 번으로 안다고 말해도 괜찮은 건가. 온라인의 관계란 무언가를 감수하기보다는 친밀함을 쉽게 채워버리는 데 그치지는 않나. 뒷면보다는 앞면만 보여준다는 점에서 생기는 문제는 없나. 기타 등등.

한때는 관계의 성공으로 여겼던 느슨함을 이제 와 관계의 실패인 마냥 곱씹어본다는 건, 그냥 좀 살 만해졌다는 증거에 불과할 수도 있겠습니다. 역설적이지만 관계란 노력해도 내 맘대로 되지 않는다는 걸 오랫동안 받아들여온 나머지, 별다른 노력 없이도 생겨나고 유지되는 관계를 좀처럼 받아들이지 못하는 사람이 된 걸 수도 있고요.

　어쩌면 외로웠기에 온라인에 뿌리내리고자 했는지도 모릅니다. 빈번하게 혼자라고 느껴온 사람이야말로 진정한 관계에 대해 남들의 몇 배로 생각하기 마련입니다. 그러므로 나의 가설은 이렇습니다. 혼자인 사람은 열패감을 바탕으로 관계에 대한 나름의 개념을 만들어왔고, 그 개념 바깥을 감지할 때마다 더욱 구체적으로 열패감을 느끼는 모순에 빠진다는 것이지요. 그렇게 생각하면 이해가 됩니다. 애당초 오프라인에서의 관계를 열망했던 내게, 온라인은 그 가능성을 기대하게 하는 동시에 그 태생부터 어떻게든 패배를 안겨줄 수밖에 없는 조건이 아닐까요. 그러니 온라인을 통해 원하던 관계를 얻었을 때조차, 나는 일종의 민망함을 느껴버리는 게 아닐까요.

　잘 아는 척을 해버린 거 같지만, 딱히 뭘 깨달은 건 아닙니다. 온라인 관계는 페이크야, 혹은 온라인 관계는 레알이야, 같은 말을 하려는 것도 아니고요. 나는 그저 어떤 기대와 패배감을 동시에 느끼는 식으로 온라인 관계를 이해한 것에 가깝습니다. 만지지 못하는 관계에 공허함을 느껴온 것도, 그렇기에 뜻 모를 다정함을 전달받는 것도, 때로는 외로워서 무언가를 공유하고 싶어진다는 것이나 그 공유로 시작된 관계에 왠지 모를 씁쓸함이 묻어 있는 것도, 모두 내가 가진 온라인 관계의 진실이라고 말입니다.

조금 더 덧붙이겠습니다.

얼마 전 오래된 SNS 친구가 소중한 사람을 잃었다는 걸 알게 되었습니다. 잠들기 직전 휴대전화를 보다 비보를 읽은 거였죠. 눈을 붙여보았으나 잠은 오지 않았고 결국 다시 폰을 집어 들어 그 소식을 거듭 읽었습니다. 오래된 SNS 친구 관계라고 쓰긴 했지만, 몇 년간 게시물을 스치듯 보았을 뿐 딱히 댓글로도 그와 말을 나눠본 적은 없었습니다. 언젠가부터 해당 SNS를 거의 사용하지 않기도 했고요. 소위 인친, 페친 이런 말을 쓴다지만 이래저래 그와 나는 친구라는 단어가 어색하게 느껴질 정도의 사이였으므로, 댓글을 쓰다 지우길 반복하던 나는 대신 '좋아요'를 누르려다 그마저도 멈췄습니다. '좋아요'는 좋다는 뜻 아닌가, 사람을 잃었다는 글에 '좋아요'를 눌러도 되나. 누르지 않자니 그것도 망설여졌습니다. 그건 모른 척하겠다는 의사 표현에 다름 없지 않나. 그렇다고 '힘내요'를 누르자니, 하트를 껴안은 이모티콘이 지나치게 가벼워 보이는 겁니다. 힘을 내는 게 불가능한 일에 이런 장난 같은 이모티콘이 뭘 할 수 있다고. 아니

애초에 내가 뭘 할 수 있고 무엇을 해야 하지, 내가 뭐라고…….

한 시간을 망설이다 간신히 '좋아요'를 눌렀습니다. 마음이 무거워지면 그 마음을 싣고 가는 시간의 유속에도 변화가 생깁니다. 그 밤은 온라인 친구와 나 사이 먼 거리에 대해 생각하기 충분할 만큼 느리게 흘렀고, 나는 무력감 같은 단어를 양처럼 세어보다 가까스로 잠이 들었습니다.

그 후로도 이따금 그의 계정을 들여다봅니다. 올라오는 게시물의 무게에 이전처럼 망설이다가, 어떤 이야기든 그 이야기가 지속되길 바라는 마음으로 결국 '좋아요'를 누르면서요. 그럴 때마다 시간은 순간 느려지고 나는 느릿느릿 생각합니다. 언젠가 그와 고인이 남긴 기록에 이유 없이 흐뭇했던 마음이 이제는 저려오는 일에 대해서. 화면 너머 먼 거리의 나에게까지 묻어날 정도인 슬픔의 규모, 그로 인해 그가 보내고 있을 무한히 느린 시간에 대해서. 눈 한 번 마주친 적 없고 몸짓 한 번 본 적 없는, 사실은 전혀 모르는 사람에게 어느새 영향을 받고야 마는 일에 대해서.

거기엔 노력하지 않는데도 생겨난 무언가가 분명히 있고. 그게 작동하지 않을 때, 과연 나는 무엇일 수 있을지…….

　나는 그저 그런 걸 생각하고 있습니다. 어쩔 수 없는 무력함에도 불구하고 멀리에서나마 거기 답해보려 애쓰는 일이 관계가 아니라면 무엇인가 하는 것도요.

쓸모없는 선물에 대한 과장

.

이유는 모르겠지만 N은 나를 포함한 타인에게 자주 무어라도 건네주고 싶어 한다. 그런 N에게 카카오톡 선물하기는 아주 '유용한' 서비스다.

앞 문장들이 포개질 때 나는 종종 난처해진다. N은 카카오톡 선물하기의 '쓸모없는' 선물 카테고리를 좋아하기 때문이다. 거기엔 비싸지는 않지만 한시적 웃음이나 감성을 유발하는, 도무지 내 돈을 주고 직접 사지는 않을 것 같은 물건들이 주인을 기다리고 있다. 나는 그 카테고리의 후기를 읽은 적이 있다. 쓸모없는 선물은 받는 이도 주는 이도 부담스럽지 않으며 때론 이벤트이자 위트로 기능한다는 걸 안다. 아마 N이 의도한 바도 그럴 것이다. 아무 날도 아닌 날 건네는 아무 선물이란 얼마나 순수한 호의에 가까운지!

다만 왜 후기를 읽었는지 고백해야 할 거 같은데, 나로선 저 카테고리가 무의미한 물건들의 지옥으로 보였던 것이다. 하나 더 고백하자면, 나는 선물을 받을 때마다 이따금 슬그머니 그 가격과 정보를 검색해보고 싶은 충동에 휩싸이는 부류다. 하필 카카오톡 선물하기 서비스는 받은 선물이 얼마고 어느 카테고리에 위치하는지 단번에 확인할 수 있다.

그러므로 N이 몇 번에 걸쳐 선물을 보낼 때마다, 나는 택배 상자 안의 그 물건이 쓸모없는 선물 카테고리에 있는 것임을 확인한다. 그리고 그 선물을 통해 N과 내가 별로 친하지 않다는 사실을 재확인하고, 타인의 순수한 호의마저도 관계를 진단하는 데 소모하고 있는 나 자신의 비인간적 면모를 새삼 깨닫는 것이다.

나…… 나는 왜 이 모양인가……?

궁색한 변명을 해보자면, 우선은 거주 조건 때문이다. 최근 인스타그램 DM을 통해 꽤 멋져 보이는 온라인 (줌을 켜고 참여하는) 홀라 클래스의 초대를 받고도 나는 정중하게 거절했다.

집이 협소해서요, 하하.

인스타그램이 선사한 몇 안 되는 기회를 날려버릴 정도로 다소 비좁은 우리 집에, N의 선물처럼 쓸모없는 무언가를 둘 여유는 없다. 그런 집에서 몇 년간 동거인과 살림을 하며 배운 거라곤 집이란 조금만 방심해도 물건들의 무덤으로 순식간에 전락해버린다는 것이다. 덕분에 나는 꼭 필요한 동시에 오래 쓸 수 있는 물건만 선별해 집에 들이려 노력하며, 더 나아가 물건의 가치란 그 품질과 실용성에 좌우된다고 믿게 되었다.

거기다 위와 같은 태도는 제 나름의 취향을 가진 듯한 느낌과 함께 세속을 경계하는 청빈한 작가의 뉘앙스를 은근슬쩍 풍긴다. 경험적으로, 작가는 그런 태도를 견지할 때 그나마 이득을 본다. 사람들은 클리셰를 지루해하는 척하고, 작가는 그 대안을 개발하겠노라 용을 쓰지만, 사실 그들이 작가에게 기대하는 거라곤 클리셰로서의 존재일 뿐이다. 그러므로 명색이 작가—결핍을 삶의 미감으로 확장하지 못하면 자신의 무능을 견딜 수 없는 프롤레타리아—라면, 불필요한 물건과 그 과잉에 경멸을 표하는 식으로 자신이 썩 괜찮은 클리셰임을 증명해야 하는 것이다.

필수품의 소비 생산도 과잉인 판국에 쓸모없는 것

까지 어떻게든 더 만들고 팔아먹다니, 괴물 같은 자본주의 놈들!

만일 내가 프롤레타리아보다는 부르주아가 되길 염원하는 듯 보였다거나, 혹 N의 선물이 값비쌌을 경우 내가 그 쓸모와 무관하게 기뻐하며 N과의 우정을 다르게 규정할 인간같이 느껴졌다면, 그 또한 이해해야 한다. 과잉을 주의하는 동시에 무용한 것에서 아름다움을 찾아내는 것 역시 작가의 역할이자 클리셰이고, 실용적이지 않은 물건의 미감은 대부분 가격으로 좌우되기 때문이다. 비싸면 좋아 보이고 좋아 보이면 아름다우며 나는 되먹지 못한 게 아니라 그저 작가로서 마땅히 무용한 아름다움을 욕망할 뿐이니까.

하지만 뭐니 뭐니 해도 내가 이 모양인 건 카카오 때문이다. 카카오가 말하길 오늘 생일인 친구는 네 명. 매일 쓰는 카카오톡에서는 편리하게도 지인들의 생일 알람을 띄워주고, 덕분에 나는 때맞춰 축하를 건넬 수 있다. 생일자에게 선물을 보내는 일 또한 카톡을 하는 것만큼이나 간단하다. 곧바로 연동되는 카카오톡 선물하기에는 1만 원 미만, 1~2만 원대, 3~4만 원대, 5만 원 이상 등 물건의 가격대가 나뉘어 있어 예산을 따져 선물을 고르기 편하다. 잘 모르겠으면 선물 랭킹을 보고 사람들이 무엇을 주고받는지 적당히 참고하거나, 상대가 갖고 싶다 찜해둔 걸 결제해주면 된다. 스몰럭셔리, 생일, 쓸모없는 선물 등 목적에 따라서 분류되어 있기에 꼭 무슨 날이 아니더라도 N처럼 소소하게 호의를 표현하기도 좋다.

기념일이나 전해야 하는 선물, 오랫동안 상대를 잊어온 데서 오는 부채감 등은 관계에 쉽게 지치는 나를 그나마 힘내어 움직이게 하는 빌미였다. 그러나 카카오는 내가 가능한 범위 내에서 관계를 지속하도록 도와준다. 이제는 전처럼 누군가의 생일을 외우거나 따로 스케줄러에 적어둘 필요가 없다. 상대의 마음을 상상하며 선물을 고르는 수고를 줄일 수 있고, 고른 선물을 전달하기 위해 굳이 만나지 않아도 된다. 내 삶에서 상대를 잊어버렸다는 부채감은 제때 보내는 온라인 선물로 해결하면 그만이다. 마치 엄마에게 용돈을 부치며 평소 엄마에게 소홀했다는 죄책감을 내려놓는 식으로, 카카오톡 선물하기는 관계를 최적화시켜준다. 사람들을 그리워하지만 만나고 싶지는 않고, 타인을 좋아하지만 덜 애쓰고 싶은 내게 애용하지 않을 도리가 없는 편의다.

카카오가 이렇듯 관계에 대한 모든 수고를 줄여준 덕분에, 언젠가부터 관계에 남아 있는 수고라곤 합당한 금액을 쓰는 게 전부인 것처럼 느껴진다. 가령 나는 생일자에게 선물을 하지 않을 바에야 축하한다는 내용의 메시지도 하지 않는다. 상대가 축의금을 내지 않는 하객을 보듯 내 진심을 의심할 것 같기 때문이다. 또 생일이건 생일이 아니건, 나는 마치 축의금처럼 이전에 내가 받은 것을 그대로 돌려주듯 선물을 보낸다. 3만 원이면 3만 원, 5만 원이면 5만 원······.

그럴 때의 선물은 기쁨을 선사하는 무엇이라기보다 그저 누군가의 마음이 상하게 하지 않기 위한 무엇, 돌려막기나 물물교환에 가까운 무엇 같기도 하지만, 누군가를 사귀는 일엔 돈이 들어가고, 주고받음은 되도록 비슷하면 좋은 법이다. 사적인 선물하기의 행위마저 예산을 살피며, 타인과 나의 자본주의적 균형감을 따지는 동시에 남에게 신경 쓰는 시간을 줄이며 그와 좋은 관계를 유지하기 위한 사회적 기능이 된 것이다.

그러니까 내가 이 모양인 건, 꼭 내가 글러 먹어서가 아니다. 관계란 아주 작은 것들이 켜켜이 축적되면서 일어난다. 매일 대기업의 서비스를 쓰는 나로선, 선물의 가격, 품질, 카테고리 같은 것에 관계를 규정짓는 무언가가 있다고 느낄 수밖에 없는 것이다. N이 선사한 '쓸모없는 선물'이, 나와 그가 맺는 관계를 규정짓는 듯 느끼는 건 내가 인간쓰레기라서가 아니란 말이다.

물론 내가 과장해 말하고 있다는 걸 안다. (나는 늘 무언가를 과장해 생각하는 식으로, 작가의 클리셰에 걸맞게 행동하고 있다.) 사실 N의 호의는 풀리지 않는 미스터리이기도 하다. 그는 나와 따로 만나지도 않고, 내 책을 펼쳐보지도 않았다. 우리가 친하다는 증거는 정말로 없긴 해서, 나는 N에게 고맙다는 이모티콘을 남발하는 비겁함으로 화답해왔다. 어쨌거나 선물에는 상대방을 위하는 마음이 내포되어 있고 N이 보낸 선물 역시 나를 위한 것이므로, 나는 N에게 호의적인 마음을 품고 있으며 그의 선물을 간직하고도 있다.

대신 비좁은 우리 집에서 N이 보낸 선물을 마주할 때마다 나는 항의하듯 핸드폰을 바라보곤 한다. 카카오톡 선물하기 측에서 곤란해하는 내 얼굴을 수집하고 있을 수도, 어쩌면 그것을 피드백으로 받아들일 수 있기 때문이다. 내가 강아지를 말하면 피드에 강아지를 보여주고, 살쪘다 하면 피드에 효소 광고를 띄우는 것으로 미루어보아 인스타그램은 분명 내 말을 음침하게 엿듣고 있다. 거대한 서비스인 카카오 역시 알 수 없는 경로를 통해 나를 엿보고 있을지도 모른다. 다만 아직은 아무것도 변하지 않았으므로 지금 내릴 수 있는 가설은 두 가지다. 카카오가 내 얼굴을 엿볼 정도로 음침하지는 않거나, 그

렇다 해도 나의 곤란이나 변해가는 인간성에 대해서는
별 관심이 없거나. 언제나 그렇듯, 아마 후자가 맞을 것
이다.

나에게 유리한 방식

·

그전까지 Y를 떠올리는 일은 거의 없었다.

그날 술자리에서 남녀 사이 친구는 불가능하다는 말을 들고 갑론을박이 벌어졌을 때도, 나는 별말 없이 마시던 와인에 코를 박고 홀짝이기만 했다. 전 같았으면 열을 올려가며 남녀 사이 우정이란 꼭 실패하고야 만다고, 그 증거로 내가 보고 겪은 한 무더기의 사례, 그러니까 타인의 감정은 염두에 두지 않은 채 오직 자신의 감정만을 중요하게 여기는 남성들에 대해 줄줄이 늘어놓았을 거였다.

하지만 요 몇 년 사이 내게는 우정임이 분명한 남성

지인들이 생겼고, 그런 게 가능해진 이유를 곱씹어보기도 했다. 뭐랄까, 나이를 먹으며 점차 남자들의 성적 우선순위에서 자연스레 밀려났달까. 좋아하는 남자랑 함께 산 이후로, 다른 남자와의 관계가 산뜻하고 원활해졌달까. 묘하게 열받긴 해도 그럭저럭 수긍은 되었다. 개수작이 없는 삶은 전보다 확실히 쾌적했고, 남자랑 산다고 다른 남자와의 관계가 뾰족해지거나 차단되는 것보다는 이편이 좋았다. 무엇보다 와인이 맛있었다. 신기하게도 어떤 가능성이 슬그머니 닫힘으로써 다른 게 자유로워지는 때가 있다고, 나는 다소 너그러이 중얼거리며 빈 잔에 와인을 거듭 채웠다.

Y를 떠올린 건 와인을 거의 비워갈 즈음이었다.

동갑인 Y와는 어릴 적부터 알았지만 친해진 건 성인이 된 후였다. 그전까지 그 애에 대해 기억하는 거라곤 손꼽히게 머리가 좋다는 것이나 오랜 기간 내 친구를 좋아했다는 것 정도였다. 다만 유년기에 잘 몰랐던 것들은 커가면서 분명해졌다. 내가 겪는 각종 억압에서 Y는 자유로워 보였다. Y는 돈 걱정할 일은 없을 것이었고, 대학 졸업장으로 말미암아 사람들은 그에게 함부로 하지 못할 터였다. Y는 아마 나로선 모를 세상에 진입하게 될 것이었고 우리의 미래는 완전히 다른 모양이다 못해 점점 더 벌어져서 도무지 접점이라곤 없을 예정이었다.

그로 인해 성인이 된 Y는 조금 다르게 보였고 이따금 그 애가 밥이나 먹자고 날 부를 때마다 나는 그걸 모른 척했다. Y가 가진 걸 의식했던 만큼 자연스럽게 모르는 척할 수 있었다. 너무나 관심 있는 것일수록 전혀 관심이 없는 척해야 가까워질 수 있다고 믿었다.

그렇다고 해도 Y에게 무언가를 기대는 일은 없었다. 오히려 Y로선 알 수 없는 어떤 근성이나 저항이 내겐 있었으며 그것이 아주 중요하다는 걸 보여주고 싶은 욕구에 충만했다. 열패감이 만들어낸 기이한 우월감에 사로잡힌 것이었다. 처음 우리는 공통적으로 아는 것들, 즉 내 옛 친구이자 Y가 짝사랑해온 친구의 소식을 이야기했다. 하지만 언젠가부터 나는 Y 앞에서 아르바이트를 지속해야 하는 삶이나 돈 없는 예체능 전공자의 설움, 무엇보다 여성으로서의 삶의 취약성과 그걸 들쑤시는 남자들에 대해 늘어놓으며 보란 듯 분통을 터뜨렸다. 가끔 Y의 망한 연애를 들먹이며 그거 보라고, 그게 다 네가 여자를 모르기 때문이라고 훈계하기도 했다.

그러다가도 목소리를 낮췄다. 그곳에서 설움을 운

운하는 사람이 나뿐인 것 같아서. 부유한 Y는 익숙하다는 듯 근사한 장소에서 약속을 잡곤 했고, 나는 아무렇지 않은 척 나가 태연하게 먼저 반을 계산했다. 아르바이트의 고됨을 이야기할지언정 내가 계산하는 금액이 며칠 생활비라는 것은 말하지 않았다. 내가 그와 대등하다는 걸 어떻게든 보여주려 했다.

동갑내기 남자애에게 지는 건 도저히 참을 수 없어.

그런 생각을 할 때마다 Y는 느릿느릿 말했다.

너는 너무 세.

그 애는 내게 그 말을 비난조로 쓰지 않는 최초의 사람이었다. 나는 내가 너무 세기 때문에 Y가 가진 평탄한 삶 속에서 가장 예외적인 위치를 점할 수 있다는 걸 눈치챘다. 팔짱을 끼고 시큰둥하게 앉아 있었지만, Y 역시 나처럼 자신이 모르는 삶에 본능적으로 흥미를 느끼는 종족이었다. 그 애는 자신만만해 보일 때조차 타인에게 곤두섰고 자기가 모르는 것만 갈망했기에 관계에 종종 실패했다. Y와 나는 아주 많은 게 달랐음에도 공통점이 있었다. 그로 말미암아 우리 사이 우정이라 할 만한 게 있다고, 그런 게 몇 년 간 우리가 드문드문 만났던 이유일 거라고 짐작했다.

하지만 언젠가부터 Y는 조금 다른 생각을 했던 것

165

같다. 한번은 조심스럽게 물었던 것이다. 술을 머리끝까지 마신 어느 날 그 애와 나 사이에 있었던 찰나의 스킨십과 긴장에 대해서.

혹시 그날 기억 안 나? 정말로?

돌이켜보면 솔직했어야 했다. 기억난다고. 너는 너무 세, 라는 말이 칭찬처럼 들렸던 어느 날부터, 네가 내게 마음이 있는 거 같아 걱정했지만, 실은 나 우쭐했다고. 술김에 나는 내 영향력을 한번 확인해보고 싶었던 것 같다고. 다만 해봐야 알게 되는 것도 있었다고. 사랑 아님은 사랑만큼이나 분명하구나, 누군가에게 우정을 느낀다면 그런 걸 완전히 모를 리가 없구나……. 너와 충동적으로 스킨십을 하고 내가 깨달은 건 바로 그런 거라고.

대신 나는 끝까지 기억나지 않는다고 말했다. 우리의 공통점은 우리에게 중요한 것들이었고, 그즈음 친구가 많지 않았던 나는 Y에게 드문 우정을 느끼고 있었다. 마음을 거절하면서 관계를 잃지 않는 방법이란 묘연해 보이기도 했다. 동시에 나는 어떤 균형, 남성에게 유리한 세상의 균형을 그런 식으로 맞출 수도 있다고 믿었다. 내가 겪어온 일을 생각하면 이런 관계는 그저 보상 같은 게 아닐까? 어차피 너는 나보다 덜 불행할 텐데. Y는 나를 잃을까 두려워하고 있었고, 그 애 역시도 세상에 두려워하는 게 있다는 건 자못 공평하게 느껴져서 나는 마음껏 모른 척하는 걸 택했다.

어느 흐리고 축축한 날 Y는 빙수를 먹자며 호텔에 가자고 했다. 나는 주변 몇몇이 빙수를 먹으러 계절마다 호텔을 가던 모습을 생각하며 고개를 끄덕였다. 그즈음 지원했던 인턴 모집에 떨어지면서, 나는 내가 남들처럼 되고 싶지 않은 만큼이나 남들이 해보는 걸 나만 못하는 것도 싫어한다는 걸 깨달은 터였다. 호텔은 처음이었다. 막상 가니 빙수 시즌이 끝났다고 해서 우리는 칵테일을 주문했다. 순식간에 해가 졌고 조도가 낮은 조명이 켜졌다. 구석에서 재즈가 울려 퍼졌고 소파는 포근했다. 소파 깊숙이 파고들며 생각했다. 이런 걸 어떻게 원하지 않을 수 있을까. 호텔이 주는 보송한 안락함에 무척 고무되었다. 그래서인지 그 애가 자기 품에서 룸 키를 꺼내 보여주었을 때도, 방을 구경하자고 말했을 때도 순순히 따라갔다. 나는 Y가 내 마음을 궁금해한다는 걸 알고 있었다. Y가 알고 싶어 하는 건 내가 더 잘 아는 영역이었다. 그 애는 나를 두려워했고, 그러므로 한 방에 들어간다해도 걱정이 되지 않았다. 거기 무슨 문제가 있겠어?

그런데 문제가 있었다. 바깥으로는 남산이 보이는

정갈한 방에서 Y가 조심스럽게 나를 껴안은 것이다. 그 애는 주저하며, 내가 이 방을 잡은 건…… 하고 말을 흐렸다. Y는 기억나지 않는다는 내 말을 믿지 않았구나. 생각도 못 했던 상황에 놀라 얼어붙으며 나는 Y가 승부수를 던졌다는 걸 깨달았다. 그 애가 원하는 게 단지 하룻밤이 아니라는 것도.

그래서 나는?

그때 나는 고개를 젓고 소극적으로 보일 만큼 웃었다. 가야 한다고 말하고 방을 나왔다. 호텔의 긴 복도를 지나는 내내 배웅하는 Y의 얼굴을 제대로 쳐다볼 수가 없었다. 설명할 수 없을 만큼 창피한 기분이 들었다. 나는 거의 발끝을 보며 택시를 탔다. 그리고 택시 안에서야 간신히 고개를 들고 생각했다.

너는 너를 만나면 이렇게 살 수 있다고 보여주려던 것이지.

나는 내가 조금만 멈칫했어도 Y가 기꺼이 내 몫까지 계산했을 거라는 걸, 그 애가 계산하려는 게 단지 밥값만은 아니라는 걸 알고 있었다. 미래가 불안해질 때마다 그런 Y를 떠올리며 내심 안심했으니까. 그러면서 앞길이 창창한 Y보다 우위에 있다는 기분을, 어떤 미래가 손 뻗으면 닿는 곳에 있다는 생각을 품어온 것 또한 사실이었다. 보란 듯 취약함을 자랑하고 읊어온 내 삶이 내심 지긋지긋했으니까. 무엇보다 나는 Y의 마음을 알고도 모른 척하는 내 행동이 Y를 상처 입힌다는 걸 외면했다. Y와의 만남은 내가 아는 걸 힘껏 모른 척했기 때문에, 나 자신을 포함해 누구도 그 사실을 모를 거라고 철석같이 믿었기 때문에 가능했다. 그런 나를 그 애는 처음으로 모른 척해주지 않은 것이다.

너는 내가 어떤 인간인지 다 알고 있었어.

택시에서 내리자마자 나는 Y에게 연락을 해 대뜸 말했다.

씨발 새끼가 진짜.

그 후로 Y는 내게 여러 번 사과를 하러 왔고 딱 한번, 골목 앞에서 잠깐 만났다. Y가 가진 걸 탐냈던 내 마음을 숨기기 위해 부러 더 빈정거렸던 내 말투, 금방이라도 울 것 같았던 그 애의 얼굴……. 5분이 채 안 될 그 순간은 흐릿하게 남아 있다. 아마 나는 나를 괴롭히던 모든 것들이 모두 Y에게서 비롯된 양 몰아세웠을 것이다. 사실 내게 선명한 건 그 순간이 아니다.

어느 날 구글 포토를 정리하던 중 Y와의 카카오톡 대화 캡처본을 발견했다. 그 애는 내게 구걸하듯 미안해했다. 반면 나는 Y를 조롱하고 또 위협하고 있었다. 그걸 보고 있자니 한쪽이 일방적으로 다치는 게임을 볼 때처럼 가슴이 울렁였다. 캡처는 일종의 전리품이었다. 요컨대 나는 Y에게 폭력적으로 굴며 스스로의 힘에 무척이나 압도되었던 것 같다. 누군가에게 상처를 주는 걸 강인함의 증거라고 여긴 것이다.

펜을 잡으면 쓸 것을 찾고, 청소기를 들고 있으면 청소를 하게 된다. 그때는 뾰족한 문장들, 누군가를 공격할 수 있는 말들을 쥐고 다녔다. 처음엔 보호하기 위해서였다. 20대 내내 나는 여성을 둘러싼 사회의 억압이나 나를 과녁으로 삼는 남자들로 인해 자주 취약해졌고, 그러면서 타인을 얼마나 견딜 수 있는지 궁금해하며 나 자신을 집요하게 밀어붙이곤 했다. 그러나 반대로 가끔은, 타인이 나를 얼마나 견딜 수 있을지 궁금했다. 내가 상대에게 얼마나 영향을 미칠 수 있을까? 그 한계는 어디까지일까? 그런 것이야말로 내가 어떤 존재인지 알려주지 않을까?

타인에게서 나 자신의 밑바닥을 보는 걸로 더는 즐거워하지 않게 된 건 비교적 최근이다. 그 사실이 놀랍다. 나는 지금의 기준에 맞추어 과거의 나를 조금 더 나은 사람으로 왜곡해버린다. 내가 주장하고 싶은 것들에 맞추어 거기 걸맞지 않은 나의 부분을 망각해버린다.

　　그 후 몇 번이나 Y에게 편지를 쓰려고 했다. 어떤 날엔 이렇게 시작했다. 그땐 그렇게라도 무언가를 채워야 했어. 어떤 날은 이렇게 시작했다. 미안해, 엉뚱한 사람에게 분풀이를 해봐야 알게 되는 것도 있더라. 어떤 날엔 이렇게 시작했다. 너나 나나 모른 척엔 소질이 있어서 친해졌었나 봐. 빈 화면에 두서없는 말들을 늘어놓다 조용히 꺼버리는 날이 반복되었다. 아마 완성되었더라도 보내진 않았을 것이다. 나는 Y가 나의 편지를 어떤 암시나 낭만처럼 느낄까 봐 겁이 났다. 한편으로는 그런 뒤늦은 편지란 그저 그 애 좋은 일만 해주는 건 아닌가, 싶기도 했다. 그 시절 Y는 나보다 품위 있었으니까. 이제 와 변명하듯 편지를 보내봤자 그 사실만 강조될 뿐이라는 생각이 든다. 동갑내기 남자애에게 지는 것은 여전히 참을 수 없고 아마 영영 그럴 것이다.

　　매일 뉴스를 듣고 본다. 남자들은 여자들에게 놀라우리만큼 많은 잘못을 저지르고, 세상은 어느 한쪽의 잘못을 한없이 허용해주는 식으로 기울어져 있다. 덕분에 나는 남성과의 우정을 불가능한 일로 생각했고 그 원인을 모조리 남성의 탓으로 돌려왔다.

　그러나 사회에 과도한 경향성이 있다고, 상대가 단순히 남성이라고 곧장 내가 결백해지진 않았다. 경우에 따라 나는 남성과의 관계에서 권력을 갖기도 했다. 그일이 드물다는 이유로, 이따금 나는 권력이 있을 때조차 내 상처에만 집중하다 못해 스스로를 상처로 여겼다. 그럴 때면 내가 보고 겪은 한 무더기의 남자들처럼, 나 역시 타인의 감정은 염두에 두지 않은 채 오직 내 감정만을 중요하게 여기며 내 행동의 의미를 모른 척할 수 있었다. 쌓아둔 분노를 부당한 방향, 이를테면 무언가를 잃을까 두려운 나머지 온순해지는 이에게 함부로 쏟아낼 수 있었다. 나의 취약함으로 책임을 면제받았다는 듯이.

　넓어진 우정의 가능성이나 전보다 다소 너그러워진 내 모습처럼 이제 와 달라진 것들이 마음에 든다. 이제는 뾰족한 말 대신 조금 둥그런 말을 들고 다니는 것 같다. 그런 말을 내게 유리한 방식으로 골라서 말하는 데 더 능숙해진 듯하다. 글을 쓰면 쓸수록, 삶을 지속하면 할수록 그런 습관이 점점 더 고착되리라는 걸, 이 글을 쓰면서 눈치채게 되었다.

최악을 상상하는 능력

·

차 안에서 대화하다 보면 창밖의 소리가 상대의 말소리보다 크게 들리는 때가 있습니다. 스펀지가 물을 빨아들이듯, 다른 생각들이 나를 빨아들이면서 일어나는 일이지요. 강남에서 친구를 만난 날이 그랬습니다. 책을 추천해달라던 친구는 정치적으로 바른 글, 다정하고 무해한 여성 서사를 찾는다고 말했습니다. 옳은 건 알려주되, 트리거를 자극하는 이야기는 피하고 싶다고요. 나는 물었습니다. 그런데 힘든 이야기를 힘들지 않게 쓸 수는 없잖아? 그러자 친구는 자신이 '좋아요'를 누른 글 중 하나를 보여주었습니다. 임신중절에 대한 그 글은 내게도 훌륭하게 느껴졌지만, 친구와 내가 훌륭하다 여기는 지점은 다소 달랐습니다. 친구는 망설이거나 폭력적이지 않아서, 임신중절이 여성의 희망이자 승리임을 분명하게 말해주어서 그 글이 좋다고 했습니다. 여자에게 이롭고 안온한 세상을 그려내고 있다고요.

하필 그때 내 가방에는 한 인간이 겪은 폭력을 적나라하게 묘사한 책이 있었습니다. 고백하자면 친구가 말한 것과는 반대편에 있는 책을 찾아다니는 사람으로서, 나는 친구의 말에 창밖을 보며 잠깐 딴생각을 했던 겁니다. 어쩌면 얘가 싫어하는 것의 총집합이 내 책장은 아닐까. 언젠가 독서 모임에서 한 회원에게 받았던 질문이 기억나기도 했습니다. "모임장 님은 왜 이렇게 어두운 책만 골라요?" 틀린 말은 아니지만, 부러 어두운 책을 고르려던 건 아니었습니다. 그저 실재하는 누군가의 현실을 재현하려 애쓴 책, 어두운 걸 어둡게 말하길 포기하지 않으려 노력하는 책에 감화되곤 했던 것이죠.

그걸 알 리 없는 친구는 말을 이어갔습니다. 여성이 겪는 일에 훼손 같은 단어가 따라붙는 것도 싫고, 무슨 일이 있으면 영영 망가져버리는 존재처럼 묘사되는 것도 싫다고요. 누군가를 아프게 할 수 있는 이야기는 물론 고통을 소비하는 비윤리적인 작가도 질색이라고요. 최악은커녕 최선을 상상하는 이야기를 읽기도 바쁘다나요. 친구의 말은 에세이를 쓰는 나에 대한 질타같이 들리기도 했지만, 사실 나쁘지 않았습니다. 친구에게서 여성에게 갖는 애정이나 기대가 느껴져서요. 무엇보다 임신중절이 미미하게나마 합법이 된 것만큼이나, 몇 년 전과 달리 우리가 이런 이야기를 나눌 수 있다는 게 새삼 기뻤습니다. 그럼에도 친구에게 온전히 동의하지는 못하면서, 당신을 생각했지요.

10여 년 전 나는 무표정한 약사에게서 임신테스트기 세 개를 샀습니다. 한 번도 가본 적 없는 동네 빌딩 화장실에 쪼그려 앉아 그것의 포장지를 까고는 괜찮아, 괜찮아, 하면서 세 번 오줌을 누었어요. 바닥에 테스트기를 나란히 늘어놓으며 생각했습니다. 고작 며칠 생리가 늦어졌을 뿐이야. 별일 아닐 테니 빨리 해치우자. 결과를 기다리며 화장실에 난 좁은 창문을 쳐다보았습니다. 반쯤 열린 창으로 한 줌 볕과 함께 선선한 바람이 스며들었어요. 창문이 내 키보다 높아 바깥을 볼 수는 없었지만, 섞여오는 소리와 기척으로 말미암아 아이들이 하교하고 있음을 알 수 있었습니다. 가까운 곳에 새들이 모여 앉은 나무가 있고, 철 지난 과일을 조금 싸게 파는 트럭이 골목 어귀에 서서 손님을 기다리고 있다는 것도요.

아무 일도 일어나지 않을 것 같은 평화로운 오후와 나 사이에 놓인, 두껍고도 지저분한 화장실 벽. 그 벽을 마주보며 심호흡을 할 때마다 콧속으로 들어오던 지린내. 영원 같았던 15분이 지난 후 나는 천천히 바닥을 내려다보았습니다.

세 개의 테스트기 모두 선명한 두 줄.

이따금 내가 그걸 어떻게 처리했는지 궁금합니다. 검은 봉투에 넣어서 들고나오긴 했는데, 어디에 버렸는지는 모르겠어요. 그 후의 일들이 흐릿해서라기보다 화장실에서의 기억이 너무 선명해서 그런 것 같습니다. 강한 빛을 보고 나면 눈을 감든 뜨든 잔상이 남아요. 어떤 15분은 그와 비슷합니다. 오랫동안 남는다는 게 잔상과는 다르지만요. 이를테면 그날 이후 마주한 모든 또래의 얼굴에서, 새소리와 따뜻한 볕과 선선한 바람에서, 바삐 하루를 보내는 사람들과 그들에게로 흘러드는 미래에서, 나는 평화로운 세상과 나 사이 이전엔 없었던 두껍고 지저분한 벽이 생겨난 것을 보았습니다. 지린내 나는 그 벽이 어디서 왔는지, 나는 단번에 알아봤습니다. 내가 꽤 오랫동안 그 벽을 보게 될 거라는 것도요.

당신을 만난 곳은 세 번째로 찾아간 산부인과에서였습니다. 자주색 카펫 위 반달 모양의 얼룩과 진료실을 맴돌던 플로럴향, 은은하게 흘러나오던 클래식. 우아하게 꾸며진 진료실에서 나는 고개를 들지 못한 채 당신에게 내가 아는 것들을 죄 늘어놓았습니다. 그즈음 나는 학교에서 생명윤리와 법, 이라는 강의를 듣던 중이었어요. 마침 배우던 부분이 임신중절에 관한 윤리여서, 나는 병원에 가기 전 수업에서 받아온 유인물을 닥치는 대로 읽었습니다. 타국에는 이런 사례가 있다더라. 어떤 곳에서는 지금 같은 극 초기 상태를 배아로 보지 않는다더라. 몸에 큰 부담 없이 약으로 해결을 하기도 한다더라. 나는 아무렇지도 않은 듯 말하려고 애썼습니다. 정신없이 지껄이는 내 말을 당신이 멈춰 세울 때까지요.

그거, 불법이에요.

당신은 중절이나 낙태라는 단어를 발음하지 않았습니다. 다만 그걸 하든 하지 않든, 둘 중 무엇도 내게 최선은 될 수 없을 거라 완강하게 말했지요. 그때까지만 해도 불법인 그 일이 당신에게 어떤 피해를 입힐 수 있는지, 또 내 몸엔 어떤 피해가 생길 수 있는지 설명하면서 당신은 미간을 수시로 구겼습니다. 당신은 도래할 어떤 최악을 그려보는 것처럼 내가 늘어놓은 보잘것없는 지식에 화를 내듯 묻기도 했어요. 그게 환자분이랑 무슨 상관이라는 거죠? 남자친구는 어딨어요? 부모님은 아세요? 친구는? 이렇게 될 줄 아무것도 몰랐던 거예요?

　　홀로 남은 임신한 여자를 세상이 어떻게 대하는지 모르지는 않았습니다. 남자와 여자가 만난다, 남자가 여자를 임신시킨다, 남자는 떠나고 여자는 혼자 남는다. 뻔한 이야기니까요. 세상은 떠난 남자에 대해선 좀처럼 말하지 않는 데 반해, 남은 여자에 대해서는 자주 말합니다. 사람들은 섹스를 싫어하는 여자도, 섹스를 좋아하는 여자도 멸시합니다. 한쪽은 괘씸하고 한쪽은 천박하다나요. 아이를 낳지 않겠다는 여자도, 아이를 낳은 여자도 멸시합니다. 한쪽은 이기적이고 한쪽은 무능력하다나요. 당연히 임신중절하거나 하지 않은 여자도 마찬가지로 멸시합니다. 한쪽은 몹쓸 범법자에 모성이 부재한 괴물이고, 한쪽은 남자 앞길을 망치려 든다나요.

　　그런 세상의 구성원으로서, 모를 리가요. 알면서도 그럭저럭 살아왔습니다. 가족도, 아르바이트도, 어찌 될지 모르는 삶도 해내야 하고 갚아야 하고 또 지켜야 하는 게 많았던 나는 내 몸이 하나일 때조차 벅찼으니까요. 사람들은 모든 여자를 멸시한다는 걸 숨기려 때때로 한쪽을 조금 더 멸시하고, 굳이 최악의 상황을 염두에 두는 여자애는 그들에게 조금 더 멸시할 빌미를 줄 뿐이니까요.

　　그런 삶은 내 것이 아니었고 또 아니어야만 한다고,

세상은 나더러 알아서 하라는데 알아서 할 수 있는 건 아무것도 없다고. 나도 당신을 곤란하게 할 생각은 없었다고 말했습니다. 어느덧 울고 있는 내 앞에서 당신은 한참 아무 말이 없었고 이따금 한숨을 쉬었습니다. 그 한숨은 당신이 그 일을 얼마나 꺼리는지 알려주어서, 나는 당신을 더 괴롭히지 않기 위해 화장실로 가서 마저 울었습니다. 조금 진정한 뒤. 결제를 하면서 네 번째 산부인과는 어디로 가야 하나 고민하고 있는데 간호사가 슬쩍 말했습니다.

이번 주 금요일에 오라고 하시네요.

이렇게나 발전한 세상인데. 피가 비치기 전까지는 생리가 언제 시작되는지 알 도리가 없다는 게 이상합니다. 생리와 임신의 증상은 비슷하고, 포털 사이트는 여전히 임신 징후를 검색해보는 여자들로 붐빕니다. 나는 달랐을까요. 나 또한 포털 사이트 검색창을 바라보면서도 당시 만났던 남자친구와 내가, 같다고 생각했습니다. 몇 번 생리가 늦어졌을 때마다 내가 불안해하면, 그는 자신의 책임감을 자랑하거나 결혼하자는 말을 일삼았습니다. 내 몸을 만지고 싶어 하면서요. 애가 생기면 어떡해, 너랑 난 다르잖아, 말하면 그는 우리가 동등한 존재라고,

뭐든 함께 대처할 수 있다고 했습니다. 그는 늘 불운을 대수롭지 않게 여겼고, 때론 나의 우려가 무언가를 의심하는 일이라는 양 불쾌해했습니다. 나는 그가 불쾌하지 않길 바랄 만큼 그를 사랑했고, 겉보기에 우리 둘은 무한한 가능성을 품고 있는 비슷한 젊은이들로 보였습니다.

테스트기를 확인한 내 전화를 받고도 별말이나 행동이 없던 그와 달리, 나는 해결책을 찾아내야 한다는 생각에 제정신이 아니었습니다. 헤어지자 말하던 그와 달리, 나는 내 몸과 내 몸에 생긴 일로부터 도망갈 수 없었습니다. 수술하는 날 그는 목이 타는지 계속해 물을 들이켰지만, 나는 수술 전까지 물조차 마실 수 없었습니다. 알고 보니 우리는 정말 다른 존재였던 것이지요. 새카맣게 타버린 잿더미가 된 기분으로 수술실에 오르자 헐벗은 다리 사이로 바람이 불었습니다. 바람이 질을 뚫고, 배를 뚫고, 가슴으로 들이차며 몸이 떨려왔습니다. 시야가 흐릿해지는 찰나 생각했습니다. 자꾸만 작아지던 내 벗은 몸과 다 괜찮을 거라고 말하던 남자친구의 얼굴, 그 얼굴을 사랑했던, 우리가 비슷하다고 믿었던 날들. 가능하다면 그때로 돌아가 나를 죽일 거야, 죽이고 말 거야. 깨어나고도 통증으로 한참 허리를 펴지 못하고 회복실에 누워 있는 나를 내려다보며 당신은 말했습니다.

집에 가시면 미역국 드세요.

마치 너는 이미 방금 죽었고, 새로 태어났다는 듯이.

임신중절한 여자에게, 누군가는 다그치듯 죄책감과 모성을 요구합니다. 그러나 구석구석 샅샅이 뒤져보아도 내 마음은 빈방 마냥 깨끗합니다. 그 방엔 어렴풋한 먼지만이 내려앉아 있고, 나로선 그게 조금 쓸쓸하게 느껴져요. 가끔은 스스로가 비인간적으로 느껴지기도 합니다. 주변에선 분명 내가 잘 무너지고 휩쓸리는 종류의 사람이라고 했는데…… 나도 아이를 원했다면 품고 낳고 기르지 않았을까요. 그와 사랑에 빠졌을 때 그랬던 것처럼, 그 아이가 나를 송두리째 집어삼키도록 내버려두지 않았을까요.

하지만 나는 원하지 않았던 것을 곧장 사랑하는 방법은 모릅니다. 죄책감을 느끼는 일 역시 묘연합니다. 어쩌면 그 일이 언제나 숱하게 있었다는 걸, 이 사회는 여성이 홀로 놓이도록 모른 체해왔다는 걸 내가 알기 때문일 수도 있습니다. 한때 여성에게 임신중절을 대놓고 장려하고 시행해왔으면서, 자신이 필요할 땐 아이를 낳지 않는 여성을 손가락질하는 이 나라의 태도에 기가 차서 그럴지도요. 혹은 당시 남자친구는 전혀 느끼지 않던 죄책감을 나 혼자만 느낄 필요가 있는지, 몇 번이고 자문해 보아서 그럴지도 모릅니다. 그도 아니면, 그저 뭐라도 생각해야만 살아갈 수 있기 때문일지도요.

임신중절 합법화를 주장하고 지지해왔습니다. 그러나 그 일이 그르다고 생각하지 않는 만큼이나 바르다고도 생각하지 않습니다. 죄책감을 강요당할 일이 아니라고 생각하는 만큼이나 희망이나 최선, 승리 같은 거라고도 생각하지 않아요. 그 단어들은 거기 붙이기엔 적합하지 않다는 생각이 듭니다.

다시 친구 이야기를 하자면, 무해한 이야기를 바라던 내 친구가 무엇을 보듬고 격려하고 싶어 하는지 알 것 같습니다. 이야기에서조차 여성이 훼손되는 건 보고 싶지 않다고 하면서, 그 애는 현실의 너무 많은 여성이 훼손되어버렸음을 슬퍼하고 있었던 게 아닐까요.

그러나 친구의 말을 들으며, 나는 화장실 바닥에 줄지어 놓여 있던 테스트기를 생각했습니다. 평화롭던 세상과 나 사이 느껴지던 단절을 생각했습니다. 나를 고통스럽게 하던 당신의 망설임과 그럼에도 진행된 의료행위, 통증으로 웅크린 채 식은땀을 흘리던 새벽과 내내 젖어 있던 베개까지도요. 그 후로도 몇 년간 그 일은 잔상처럼 남았고, 나는 줄곧 내가 테스트기가 있던 화장실에 놓여 있다고 느꼈습니다. 어떤 최악은 면했지만, 나에겐 어느 것 하나 폭력적이지 않은 게 없기에 나는 별수 없이 훼손이라는 단어를 떠올립니다. 그 일이 있기 전 순진했던 여자애는 내 안에서 영원토록 스러졌으니까요.

동시에 세상이 어떤 곳인지, 사람이 어떤 존재인지 비로소 조금 이해하게 되었습니다. 어쩌면 훼손은 무언가를 제대로 이해할 때 생기는 일이 아닐까요. 세상은 잔인하고, 그런 세상에서 사람은 사람을 외면하고 버리고 곤경에 처하게 합니다. 사람은 사람에게서 도망칩니다. 사람은 남은 사람을 돕습니다. 사람은 사람을 위해 꺼리는 일도 합니다. 사람은 아파하면서도 버텨냅니다. 사람은 최악을 면하고도 훼손됩니다. 사람은 훼손되고도 어떻게든 살아갑니다. 그것은 어딘가가 영영 망가진 대신, 무언가를 조금 더 이해하는 존재로 다시 태어난다는 뜻입니다.

밝고 구김살 없이 자랐다, 티 없이 맑다, 같은 말들이 여성에게 칭찬으로 쓰일 때마다 칭찬은 비난을 포함하고 있다는 오래된 진실을 감지합니다. 그 칭찬엔 훼손된 여성에 대한 멸시가 들어 있어서, 거기 지레 겁먹은 나는 사랑했던 남자들에게 임신중절을 했었노라고 용서를 구하듯 털어놓기도 했습니다. 그들이 나를 비난 않고 받아준데 고마워 눈물지으면서요. 지금도 이 나라에서 그런 남자들을 만났다는 건 놀라운 일이라고 생각합니다.

다만 궁금해졌습니다. 내가, 용서를 구해야 하는 걸까? 그런 게 궁금할 때면 책을 생각합니다. 아픈 걸 아프게 말하고, 어두운 걸 어둡게 말하는 책. 여기 폭력이 있었다고 말하기 위해 그 폭력을 경유하는 책. 거기 얼굴을 파묻고 울다 잠든 다음 날이면 책은 울퉁불퉁해져 있었습니다. 젖은 얼굴과 달리 젖은 종이는 아무리 잘 말려도 흔적이 남아요. 접어놓은 책 귀퉁이는 다시 펴도 그 자국이 영영 남는 것처럼요. 나는 그게 좋았습니다. 종이 위에 각인된 것들로 말미암아, 이야기와 내가 중요한 걸 나누어 가졌다는 생각이 들어서요. 나의 흔적을 무릅써준 책이 새삼 내 책처럼 느껴져서요. 그렇게 한 시기를 버틴 걸 보면, 나는 용서를 빌 거나 용서받고 싶었던 게 아닌 것 같습니다. 그저 사랑하는 이들에게서 젖은 종이 같은 얼굴을 보고 싶었던 건지도요.

사실 굳이 다 말할 필요는 없을지도 모릅니다. 친구의 말처럼, 그건 폭력이 될 수도 있겠지요. 그렇지만 혼자 남겨진 어린 여자가 무엇을 할 수 있는지, 어떤 대안도 주어지지 않는 시간을 거치며 그 여자의 어디가 훼손되는지, 마침내 최악을 면한 그 여자가 어떻게 죽고 어떻게 새로 태어나는지…… 그런 것에 대해선 말해야만 한다고 생각합니다. 나에 대해 말하는데 나에 대해 중요한 걸 빼놓을 수는 없습니다. 그게 나를 포함한 누군가를 혹 다치게 하더라도, 그래서 겁이 나더라도요.

이 생각은 당신에게서 비롯된 것입니다. 당신과 나 사이 일은 안전하긴커녕 불법이었습니다. 당신은 나와 당신의 무엇이 위협받을 수 있는지 상세히 알려주었고, 그로 인해 망설였습니다. 질책하려는 건 아니지만, 당신은 딱히 다정하지 않았지요. 그러나 당신은 눈앞의 울고 있는 어린 여자를 보며 최선은커녕 최악을 상상한 끝에, 결국 무언가를 무릅쓰기로 결심했습니다. 그 일이 내 안에서 폭력적으로 묘사되는 건, 당신이 폭력적이어서가 아니라 당신으로부터 하여금 내가 비로소 여자에게 폭력을 저지르는 세상의 방식을 이해하게 되었기 때문입니다. 이미 생겨버린 흉터를 개선하려면 거기에 다시 상처를 내는 위험을 감수해야 합니다. 그럼 이전으로 완전히 돌아갈 수는 없어도 새로운 피부를 갖게 되니까요.

나는 훼손되는 동시에 새로 태어난 것입니다.

그러므로 친구에게 온전히 동의하지는 못하면서, 당신을 떠올렸던 겁니다. 아무도 상처받지 않는 이야기와, 현실을 뛰어넘는 최선을 써내고 싶어 오후 내내 빈 종이를 서성이다 실패한 지금도요. 대신 거기엔 누군가에게 상처를 줄지도 모르는 이 글이 쓰였습니다.

곧 있으면 해가 집니다. 무언가를 무릅쓰지 않았다면 결코 맞이하지 못했을 오늘이 저물어가요. 그 오늘을 염두에 두지 않는 그 누구에게도, 나는 미안해하거나 용서를 구하지 않으려 합니다.

다만 당신께는 감사를 전합니다.

수요 없는 공급

.

코로나 이후 오랜만에 독서 커뮤니티 모임장 일을 하고 있다. 최근 진행한 독서 모임의 마지막 회차에서 함께 읽은 책은 유계영 시인의 《이런 얘기는 좀 어지러운가》였다. 얇고 예쁜 외관과 달리 정말로 제목만큼 좀 어지러운 시집이었으므로, 사람들은 내게 어쩌다가 이런 책을 골랐냐고 물었다. 뭔가 대단한 앎이나 이유가 있을 거라는 기대와 믿음이 섞인 얼굴들 앞에서 나는 숨을 들이마시며 여유로운 척 미소를 지었다. 그렇지 않으면 속에서 '망세삼창'을 외치고 있는 걸 들킬 것 같았기 때문이다.

망한 거 같은데, 망한 듯, 망했다. 나도 몰라!

준비를 안 한 것도, 모임장 자리에 앉은 채 머리가 하얘질 걸 몰랐던 것도 아니었다. 단지 내가 내어줄 게 없다는 사실 앞에선 언제나 새롭게 망한 기분이 들었다. 시는 많이 보고 준비한다고 해박해질 리 없는 종류의 언어였다. 모임을 준비할수록 알게 된 건 내가 시 쪽으로는 바보라는 사실이었고, 바보임을 깨닫고 나니 불안해졌다. 불안해지자 익숙한 방식을 포기한 것, 내가 모임을 잘 해낼 수 있는 책을 내버려두고 굳이 시집을 고른 것에 대한 후회가 밀려왔다. 이제 내가 별 볼 일 없는 바보임을 만천하에 알리게 되겠구나.

하지만 바로 그걸 위해서 시집을 고른 것이기도 했다. 처음 독서 모임 일을 했던 몇 년 전에는 한 회 모임을 준비하는 데 많게는 일주일을 썼다. 독서 모임과 영화 모임을 번갈아가며 매주 진행했으니 거의 매일 모임 준비를 했던 셈이다. 밑도 끝도 없는 준비는 성실의 증거라기보다는 지불받은 만큼 증명해 보이려는 불안의 증빙이었다. 찾아온 사람들에게 무어라도 내놓아야 한다는 압박 말이다. 장자를 읽으며 장자와 그레타 거윅을 엮거나, 팡세와 영화 〈굿 윌 헌팅〉과의 연관 고리를 만들어보면서(그러니까 왜인지 모를 짓들을 하면서) 나는 찬장이 조금이라도 비면 온 식구가 아사할까 전전긍긍하는 내 엄마처럼 헐떡였다.

머리를 꽉꽉 채워놓아야 해! 무언가를 떠먹이거나 쥐여주어야만 해!

엄마의 행동은 사랑이었지만 내 행동은 간식을 욕망하는 강아지의 과민한 방광 같은 데가 있었다. 언젠가 온라인에서 한 견주가 자신의 반려견에 대해 쓴 글을 읽은 적이 있다. 배변 훈련한다고 제대로 똥오줌을 쌀 때마다 간식을 줬더니, 나오지도 않는 오줌을 몇 방울 흘리고 달려오더라. 즙을 짜라 즙을 짜. 머리를 쥐어뜯는 밤이면 어디선가 그 말이 리버브되어 들려오는 것만 같았다. 즙을 짜라 즙을 짜…….

내게 원하는 게 뭘까? 사람들이 원하는 지적 연대를 만들어내기 위해 내가 해야 하는 게 뭘까? 바보같이 보이기 싫은 마음, 세상의 기준과 타인의 니즈를 파악해 짠, 하고 내어주고 싶은 마음은 매번 나를 휘감았다. 나를 고용한 측에선 나의 과민함을 칭찬하며 흐뭇해했다. 누군가 나로 인해 무언가를 새로이 알게 되었다며 다정히 말을 건네주기도 했다. 그런 일에 지나치게 고마워하거나 기대지 않으려고 노력했지만, 정당한 기대에 응하는 일이야말로 중요하다는 생각은 굳어졌다. 나는 꽤 오랫동안 나의 쓸모를 찾아온 터였다.

사람들이 유독 힘주어 읊조리던 날이 있었다.

오늘 정말 좋았어요.

그런 날들엔 내가 미리 실패를 예감했다는 공통점이 있었다. 핫한 사회 이슈나 검증된 의미들을 선별하면서, 나는 핵심 주제들을 골라내고 간명한 정의를 내리는 식으로 책을 고르곤 했다. 사람들은 어디에서든 유용하게 쓰일 지적 고취를 바라지 않아? 누군가 의미를 떠먹여주길 원하지 않아?

하지만 이따금 착즙하기 어려운 책들도 있었다. 잘 모르겠지만 좋아서 함께하고 싶었다는 나의 의지만 드러나는 책들. 가령 시집같이 애당초 사회의 논리에 맞추어 쓰이지 않은 언어의 좋음이나 필요를 계량할 방법이 나에게는 없었다. 그리해 인사이트를 내어줄 길 없는 날이면, 실망하는 사람들의 표정을 백만 번 정도 상상하면서 밤새 머리를 쥐어뜯다가 모임에 나갔다. 이것은 제게는 좋은 책들인데 왜인지는 모릅니다. 저는 형편없고 모임은 실패입니다.

그런 날마다 사람들은 진심으로 좋았다고 말해준 것이다. 그게 이상했던 나머지 실패를 예감하는 날마다 사람들을 눈여겨보았다. 그리고 빈 의미망 앞에서, 나름의 의미를 찾아 그것을 메꿔보던 사람들이 평소보다 더 많은 말을 쏟아내거나 전과 다른 표정을 짓는 걸 엿보았다. 어느 하나 똑같지 않은 사람들의 얼굴은 하나의 수요로는 묶어내기 어려운 다양함으로 반짝였다. 고차원적인 것을 취해보겠다고 연기해온 그럴듯함에서 비로소 풀려났다는 듯이.

그제야 나는 모임 중 종종 내가 센터나 기준이 되는 느낌을 받았던 걸 기억해냈다. 돌이켜보면 모임장인 내가 어떤 의미나 당위를 읊어댈 때마다, 그 바깥을 말하기 위해 무릅써야 하는 무언의 강요 혹은 압박, 일종의 뉘앙스가 만들어졌던 것도 같았다. 그 뉘앙스는 익숙한 방식으로 사람들을 자극했는지도 몰랐다. 바보같이 보이기 싫은 마음을 갖도록, 기준과 니즈를 파악해 짠, 하고 내어주고 싶은 마음에 휘감기도록, 자신의 유용함을 증명해 보이도록…….

얼마 전엔 휴가를 맞아 동거인과 남해 여행을 다녀왔다. 숙소 근처엔 뜻밖에도 불가리아 음식점이 있었다. 불가리아 유학을 다녀온 사장님이 남해에 차린 가게였다. 베어낸 참깨 대를 볕 아래 가지런하게 펼쳐둔 골목골

목을 거쳐 가게로 갔다. 깨를 훔쳐 먹는 비둘기를 행인보다 많이 보았을 정도로 조용한 동네에서, 불가리아 음식에 대한 수요가 있을 리 없었다. 거기다 남해는 바다 수영을 하는 동안 옆에서 녀석들이 뻐끔거리는 게 보일 정도로 멸치가 많은 곳이었다. 곳곳에 자리한 멸치쌈밥집들은 단박에 수긍이 간 반면, 굳이 불가리아 음식점이라니. 아무래도 좀…….

가게는 무엇 하나 허투루 손본 데 없이 정갈했다. 입구와 메뉴판과 진열장엔 생전 처음 보는 불가리아어가 쓰여 있었다. 나와 동거인은 그림 같기도 고대 문자 같기도 한 글자들을 힐끗거리다가, 호기심 어린 여행객의 충동으로 몇 없는 메뉴를 전부 시켜보았다. 신선하고 맛있었다. 처음 먹어본 불가리아 음식이 입안에서 조용히 사라졌고 들여다봐도 알 수 없는 글자와 그 의미도 내 안에 스르르 녹아들었다.

남해에 있어야 할 이유를 타인이 아닌 자신에게서 찾아낸 가게. 자신을 찾는 사람에 앞서, 자신이 전하고 싶은 걸 성실히 마련해둔 가게. 그 순간을 접어두면서 나는 내가 무언가를 모르는 채로도 좋아하고 있음을 불현듯 깨달았다.

남해에 머무르는 동안 우리는 멸치쌈밥집을 한 번

도 가지 않았다. 대신 그곳을 두 번 더 들렀다.

옹기종기 앉은 독서 모임 사람들 앞에서 초조함을 감추며, 나는 남해에서 만난 불가리아 음식점을 떠올렸다. 타인이 어떻게 보든 상관없이 우리 자신이 전하고 싶은 것들에 대해서. 주어진 의미가 아니라, 스스로 만들어 나가는 의미에 대해서. 수요나 효능과 무관한 것을 내미는 용기나, 그 용기가 어쩌다 가져오는 우연한 좋음에 대해서. 잘 알아서가 아니라, 모르는 채로도 좋다고 느낄 때 찾아오는 희열에 대해서…….

그 느낌을 섣불리 말했다간 나의 모름을 변명하고픈 욕망, 그럴듯해 보이려는 습관이 내가 원하는 무언가를 방해할 것 같았으므로 사람들에게 자신이 가장 좋았던 시를 소리 내어 읽게 했다. 낭독을 마치면 낭독자에게 왜 그 시를 읽었는지, 그 시가 남긴 자국을 물었다. 한 명이 읽으면 나머지는 시집을 내려놓고 눈을 쉬게 한 채 귀로만 시를 들었다. 그중 두 명이 같은 시를 우연히 골랐고 각각 낭독했다. 낭독자에 따라 같은 시가 완전히 다른 시처럼 들렸다. 누군가 말했다.

같은 노래를 부르면 누가 더 잘 부르고 못 부르는지 티가 나는데, 시는 안 그러네요.

꼭 음치가 없는 장르 같아요.

모두 고개를 끄덕였다.

누구도 가수나 음치가 아니었기 때문에 우리는 잘 모르겠는 문장이 자신에게 남긴 자국에 대해 노래하듯 말할 수 있었다. 마치 코인노래방에 모인 것처럼, 사람들은 서로가 주인공이 되는 순간들을 사이좋게 들어주었다. 생각을 거쳐 근사해진 말이라기보다는 말하면서 근사해진 말들이, 필요에 의해 나온 생각이라기보다는 말했기 때문에 필요해져버린 생각들이, 수요가 없었던 의미들이 성실하게 테이블 위를 오갔다.

모임이 끝나고 집에 와 책장에 시집을 넣으려는데 잘 들어가지 않았다. 책장이 심하게 빽빽하긴 했지만 원래 책이 있던 곳이었다. 가만 보니 빳빳했던 시집은 여러 사람의 기척으로 제법 두툼해져 있었다. 사람들의 말에 밑줄을 긋고, 새로이 끄덕이면서. 나는 그사이 무수히 모서리가 접힌 새 시집을 갖게 된 것이다. 그게 참 좋아서, 저 자신이 가졌던 두께보다 미세하게 더 두꺼워진 그것을 책장 위에 가만히 뉘어두었다.

구림의 적립

.

    카톡 프로필 목록에 낯익은 이름과 얼굴이 떴다. 의사 가운을 입고 있어서 누군가 했는데, 오래전 함께 시험을 준비하던 이다. 나보다 시험 성적도 낮고 끈기도 부족했던, 알고 보니 여자친구가 있었으면서도 내 손에 깍지를 끼려 애썼던 그는 몇 년을 버티던 끝에 결국 치과의사가 된 모양이었다. 나는 그의 아버지도 전문직이었음을 기억해냈고, 내 정확하되 옹졸한 기억력에 짜증을 내면서도 종일 그것에 대해 생각했다.

    나도 집안의 지원을 받을 수 있었다면, 그래서 취업 준비나 공부를 지속했다면 어땠을까. 괴로움을 못 참고

SNS에 글을 올리지 않았다면, 거기에 반응한 사람들의 '좋아요'에 글을 더 길고 오래 쓸 생각을 하지 않았다면, 나도 더 오래 버티다 더 나은 걸 쥐는 데 성공하지 않았을까.

혹시 글을 조금 쓸 줄 알아서 망한 게 아닐까…….

진지한 질문은 아니다. 몇 달째 시금치나물 무치듯 글을 써내는 사람으로서, 아무래도 좀 망한 거 같은데 후회는 공짜니 그거라도 해보는 참이다.

나물을 해볼 요량으로 마트에서 시금치를 샀다. 나름 손맛이 좀 생긴 거 같아서였는데, 그게 착각이라는 건 금방 밝혀졌다. 뿌리를 하나하나 씻고 다듬으면서 너무 무성한 거 아닌가, 했는데 막상 데치고 물기를 짜보니 한 줌 정도였다. 양을 계산할 줄 몰랐던 거다. 신중하게 양념하면서, 너무 맛있을까 봐 걱정했는데 막상 먹어본 결과물은 질기고 짰다. 아직 나물을 무치기엔 멀었던 것이다.

난리 바가지인 주방과 거기 반비례하는 생산성, 그 결과가 나의 시금치나물이다. 글도 그와 비슷하게 써내는 요즘은 후회를 정기구독하고 있다. 포모증후군에 시달리는 이답게, 후회마저도 읽지 않은 이메일처럼 쌓아두었다가 날 잡고 한꺼번에 해치운다는 게 문제지만 말이다. 나를 제외한 많은 작가는 이제 정기적으로 글을 써서 메일까지 보낸다. 재밌고, 다정하고, 재능 많고, 생산적인 사람들. 도시 괴담 같은 그들의 성실함을 볼 때마다 오직 나만 아무것도 안 한다는 기분이 든다.

변명거리는 있다. 첫 책을 낸 뒤, 나는 그만 고고해져 버린 것이다. 하고자 하는 말을 그럴듯하게 가공하고, 더 많은 사람을 포섭하면서, 고분고분하게 나 자신을 팔아치우고 싶을 때마다 내 안에서 극렬한 내적 갈등이 일어나는 걸 보면 말이다. 뭘 집중하기 어렵게 만드는 집안의 대소사나, 누군가를 상처 입힐 수 있는 글에 대한 두려움, 최대한 오래 생각해 쓰고 싶은 마음과 내가 쓸 수 있는 최상이 완벽에 가깝길 바라는 욕심 등은 덤이다. 그러니 흰 종이 앞에서 멈출 수밖에. 반짝이는 문장만을 쓰고 싶은 게 죄는 아니잖아?

그렇지만 구구절절해질수록 시금치나물 같은 내 글은 더욱 구려질 뿐이라서, 다시 원점이다. 혹시가 아니라 역시, 글을 조금 쓸 줄 알아서 망한 게 아닐까…….

그만.

이렇게 열패감에 사로잡힐 때면, 긴급 처방으로 옛일을 떠올린다. 언젠가 나도 대단한 걸 해냈었음을 기억해보는 것이다.

때는 바야흐로 고등학교 1학년, 나는 실기시험 전

체 1등의 자격으로 단상 위에 올라가 상을 받았다. 다니던 학교는 서울 소재의 한 예술고등학교로, 재주 있고 부유한 집안의 친구들이 모여든 곳이었다. 실기 수업이 끝나고 친구들이 삼삼오오 무리 지어 화실에 갈 때면, 나는 빈 실기실에 남아 이어폰으로 귀를 틀어막고 혼자 그림을 그리다 집에 갔다. 선생님이 무어라도 하나 지적하면, 화장실에서 조용히 울고는 벌건 눈으로 연거푸 세수한 뒤 이를 악물고 지적받은 걸 고쳐보겠다며 교실에 남았다. 매일 곡소리가 나는 집도, 마음껏 학원에 다니는 친구들도 미웠던 반면 그림은 내가 가진 것 중 가장 내세울 만한 무엇이었다.

내 안에서 뭐라도 발굴해내 거기 매달리려 들었던 건 그때부터였을 것이다. 예술고등학교의 고된 스케줄을 견딜 수 있도록 해준 건 우리가 예술에 대해 뭘 좀 안다는 허영이었다. 그만큼 실기 실력은 자존심은 물론 교내에서의 존재감과 직결되었다. 그래서 기어이 단상 위에 올라가 상을 받았을 때, 뼈를 찌릿하게 만드는 성취감으로 눈을 내리깔며 나는 나만 불행한 이 세상에서 비로소 타당한 보상을 받았다고 생각했다.

문제는 2학년이 된 후 첫 시험에서 내가 150명 중 100등이 되었다는 거였다. 다들 내 점수에 의아해했고 나도 그랬다. 그래도 이전의 높았던 성적 덕분에 다른 친구들은 쉬는 시간이면 내 그림을 보려고 실기실에 구경을 왔다. 그걸 의식한 나는 다른 친구들이 그림을 전체적으로 완성하는 수업시간 동안, 최선을 다해 하나의 사물을 묘사하는 식으로 기교를 뽐냈다. 빈 종이만큼 기교가 빛날 때면 또래 친구들은 종종 감탄했고, 그들 앞에서 나는 생각했다.

역시 제대로 채점을 못 한 선생님들이 이상한 것이지. 나는 잘했는데 선생님들이 못 알아봤거나, 혹은 어쩌다 뭔가 잘못된 거야.

그다음 시험에도 점수는 오르지 않았고, 나중에는 급기야 천편일률적인 입시 미술 자체를 흉보았다. 시간 내로 그려야 하는 시험이, 목적이 있는 그림이 무슨 소용이 있어? 진짜 예술이 아니지. 이런 걸 가르치는 선생님들도 뻔해. 뭘 모르는 사람들이지.

나만의 음모론이 확신에 가까워질 동안, 내 그림에 감탄하던 친구들은 점점 나보다 좋은 점수를 받았다. 이윽고 쉬는 시간에 누구도 내 그림을 보러 오지 않았다. 그 무렵 나는 정말 혼자가 되기도 했다. 지금 와 생각하면 관계 중 흔히 일어나는 다툼 말고도, 나의 외로움엔 내 마음가짐의 여파도 있었으리라 생각한다. 학교도, 입시도, 친구도 모조리 깎아내리고 싶었던, 그렇게라도 움푹 꺼진 자신을 보호하려던 마음.

많은 수험생이 그렇듯 고3 1년은 무척 힘들었고, 어찌어찌 대학에 들어갔다. 대학생이 되어서는 다른 아르바이트와 함께 화실 강사 일을 시작했고, 현재의 구멍을 메꾸는 동시에 먼 미래를 대비하느라 바삐 지내며 수험생 시절을 조금씩 잊어갔다. 화실에서 가르친 아이 중엔 기교를 잘 부리는 애들이 있었다. 그 애들은 감탄할 만큼 기깔 나게 그림을 그렸는데, 꼭 자기가 최고로 기깔 난 곳에서 멈춰버리는 통에 시험을 볼 때마다 제대로 완성을 해내지 못했다. 열이면 아홉이 그랬다. 거침없이 손을 움직이는 다른 애들과 달리, 조심스럽고 또 고집스럽게 움직이는 그 애들의 손끝은 꼭 필사적으로 무언가를 지키려는 듯 보였다.

마음이 쓰이는 그들 덕분에, 나는 고등학교 시절을 떠올리게 되었다. 내가 그 시절 그림을 완성하지 않았던 건, 완성했는데 결과가 구리다면 내가 구린 데에 변명의 여지가 없어지기 때문이었다. 내 특기는 나를 구리지 않게 지켜주는 유일한 것이어서 조금이라도 손상시킬 수 없었다. 나는 자기 위로와 음모론을 방패 삼아 나를 보호했고, 점점 제때 완성을 못 하는 사람이 되어갔다. 반면 내가 뭘 모른다고 생각했던 다른 친구들은 구린 상태로 구린 완성을 적립해나갔다. 룰을 받아들이고, 다치는 순간을 견디고, 상처받고, 묵묵히 구림을 받아들여 균형 있게 성장했다. 나중에야 알았지만, 그들은 그들도 모르게 내 맘 같지 않은 무언가를 받아들이는 훈련을 완수한 셈이었다.

그림은 놀랍도록 솔직하다. 백지에 꽃을 그린다. 꽃을 먼저 잘 그려내면, 비어 있는 만큼 종이 위 꽃이 존재감 있게 홀로 빛난다. 그러나 꽃 아닌 나머지 부분을 그려내는 순간, 풍경이 채워지는 만큼 꽃은 죽는다. 전체의 균형을 위해 꽃을 조금 죽이는 상태가 바로 조화이기 때문이다. 꽃만 근사하게 그려내서는 결코 완성이라 부를 수 없어서, 결국 무언가를 완성해내려면 내게 소중한 무언가를 잃어야 한다. 내가 지키고 싶은 근사함이 다치는 순간을 견뎌내야 한다. 그렇게 한 장 한 장 쌓이는 종이들은 은혜를 배신하지 않고, 나중에 주인을 좀더 근사하게 만들어주는 식으로 화답했다. 그 사실을 뒤늦게야 알아차린 나는 다른 이들을 따라잡기 위해 아주 고된 입시생 시절을 보내야 했다.

강사를 하는 동안 아이들에게 최소한 내가 아는 것만은 알려주려 부단히 애썼던 것 같다. 너의 근사함은 멋지지만 근사함만을 오롯이 보호하는 식으로는 무엇도 영영 완성되지 못한다고. 미완성에 익숙해진 습관을 회복하는 데엔 생각보다도 훨씬 많은 시간이 걸린다고. 사람은 무한하지 않고 유한하고, 유한한 인간에게는 가진 것의 포기가 더럽게 어려운 걸 나도 안다고. 다만 개개인은 유한한 물감 같아서, 너는 너를 짜내 너 아닌 것과 섞어야만 비로소 무한히 다채로워질 수 있다고. 그럼 망치더라도 다채롭게 망친다고. 당장 구려 보여도, 내 마음 같지 않아도, 그렇게 망쳐봐야만 정말 필요한 때에 제대로 완성할 수 있다고.

……이렇게 말하지는 못했다. 넌 입시생이고, 난 선생이야, 그냥 닥치고 해, 하면서 애들 귀에 대고 윽박을 질렀으면 질렀지.

그림을 그리던 시절이나 글을 쓰는 지금이나 나는 종이 앞에 머무르고, 고1 때의 기억은 여전히 유용하다. 서른셋인 지금까지 고등학생 때의 성취를 앞세운다면 창피한 일이지만, 그와 별개로 혼자 평생 간직할 만한 성취의 순간이 있다는 건 사람을 튼튼하게 해주니까.

그 시절의 기억은 어떤 성취에도 불구하고, 혹은 그 성취 때문에 한동안 멈춰버린 내 모습을 새삼 떠올리게 한다. 그로 인해 또 다른 성취로 다시 나아가기까지 아주 오래 걸렸다는 사실을 상기시키기도 한다. 그건 빈 종이 앞에서 함부로 움직이지 못하는 요즘의 내게 절실히 필요한 것이다.

저기, 너 지금 최선을 다하고 있는 걸까. 고고할 게 아니라 그냥 고 해야 하는 게 아닐까. 온전히 네가 원하는 모양새의 글이 아니더라도, 좀 구려 보이더라도, 가끔 무언가를 다루는 네 문장이 반짝이기는커녕 대상을 완전히 망쳐놓더라도 닥치고 더 많이 써야 하는 게 아닐까. 열패감은 당연하지, 구림을 적립해야 한다며…… 너 뭐 돼?

이런 질문은 자본주의의 주문과 살짝 헷갈리지만, 가진 걸 최상으로만 내보이려는 마음이 때로 나 자신을 보호하려는 욕구에 불과하다는 걸 나는 열심히 기억하고 있다. 그렇지 않으면 앞에서 말한 치과의나 다른 작가들에게 샘을 내는 와중 중요한 걸 놓치기 때문이다. 그들 역시 룰을 받아들이고, 다치는 순간을 견디고, 상처받고, 묵묵히 구림을 받아들여 거기 있을 거라는 걸 말이다.

별 볼 일 없는 상태를 벗어나기 위해, 나는 족히 많은 구림을 적립해야 한다는 걸 알고 있다. 내가 맛있는 시금치나물을 원하는 양만큼 후딱 무칠 수 있으려면, 맛없는 시금치나물을 수없이 만들어내야만 한다. 다만 그 사실을 안다고 위로가 되는 건 아니다. 누가 그걸 그냥 받아들일 수 있단 말인가? 공짜인 후회라도 해보는 것이다. 그것은 그저, 구림을 적립하는 와중 내게 필요한 농담이나 자조라고 할밖에.

놀리고만 싶은 교양 있는 사람들에 대하여

•

논리적이고 똑똑한 남자들에게 실망한 이유에 대해 말하고자 한다. 갑작스러운 일은 아니다. 그건 내게 오랫동안 숙제였던 물음이고, 이딴 걸 숙제로 가졌던 이유는 당연히 내 기대가 완전히 박살 난 경험들 때문이다. 만났던 모든 남자가 그런 건 아니었지만, 몇몇 똑똑하고 부지런한 남자들, 책도 많이 읽고 공부도 많이 하고 자기 취향을 고심해보는 남자들을 만날 때마다 나는 속으로 외쳤다.

시발! 아주 그냥 모르는 게 없으셔!

근데 도대체 왜 너는 말도 못 알아먹고 유머도 없고

상상력도 없는가······!

　　문학을 비롯한 예술, 혹은 페미니즘같이 나열된 정보만으로는 설명되지는 않는 모호한 영역으로 대화가 빠져들 때마다 그들은 더 쉽게 들통났다. 좀 뻐겨보자면 나는 어디서 콧방귀깨나 뀌어대는 똑돌이들과 옷깃을 스쳐본 바 있다. 그렇게 만난 똑돌이 대부분이 이 사회에서 '교양 있는 지식인' 취급을 받아왔거나 앞으로 받을 것임에도 불구하고, 먹물 향이 솔솔 나는 그들과의 대화란 백인 남성이 쓴 문학, 영화, 철학 혹은 프랑스 스타일의 예술 앓이 이상으로 나아가지 않곤 했다. 가끔은 따분하기까지 했다. 아마 그건 어디서 들은 듯한 대화의 내용만큼이나, 어떤 단언이나 스스로에 대한 확신같이 태도의 측면에서 비롯되었을지도 모른다. 빈틈을 두는 여유, 잘 모르겠다는 고백이나 자신을 내려놓는 유머는 고사하고 당장 자신의 감정에 대해 말하면 차라리 담백해지기라도 했을 숱한 상황들을 산산조각 내는 태도 말이다.

　　똑돌이들은 동시대 한국 소설이 세계 고전에 비해 열등하다는 식의 확언을 즐겼는데, 그러면서도 자신이 최근 한국 문학 내 흐름을 전혀 모른다는 사실에 대해선 말하지 않았다. (오래전 수능을 준비할 즈음 읽었을 단편, 혹은 사회적으로 화제가 된 소설이 자기가 가진 예시의 끝이라는 사실은 은폐했고……) 그들은 페미니즘에 대해 끊임없이 의견을 내고 싶어 했지만, 자기 시야의 한계와 당사자의 언어를 제대로 들여다본 적이 없다는 사실에 대해서는 모르는 척했다. (대한민국에 대해 다 아는 듯 굴면서 여성인 내 현실에 대해선 전혀 아는 바가 없었고……) 그들과 미술관이라도 함께 가는 날이면, 미술사적 개념이나 연보는 들을 수 있었지만, 해당 작품이 지금 여기, 그 자신 혹은 우리에게 가지는 특수성에 대해선 들을 수 없었다.

기대와 달리 (나는 무엇을 기대했나……) 그들 중엔 옛 백인 지식인 수준 이상으로 말하는 사람이 놀랄 만큼 없었다는 것이다. 거기엔 오리지널을 못 이긴다는 치명적인 단점이 있었지만, 기왕이면 상냥해 보이고 싶었으므로 대놓고 지적하지는 않았다. 했다 해도 듣지 않았을 것 같다. 내가 가진 대화의 룰은 '자주 기가 죽어야 괜찮은 사람이 된다'는 쪽이었던 반면, 똑돌이들의 룰은 '가끔 귀가 죽어야 괜찮은 사람이 된다' 쪽에 가까웠다. 어쩌면 내가 더 잘 알 수도 있는 영역에서조차 심하게 자신만만한 그들의 태도를 살펴보건대, 그들은 그 자신이나 백인 남성이 아닌 다른 이의 말을 귀담아듣는 데 별 관심이 없는 사람들이었다. 악의는 없었다고 생각한다. 재미도 없어서 그렇지.

자주 의심스러웠고 무척 실망스러웠다. 뼛속부터 헤테로인 나 같은 여성은 혐오 천국에서 갈 곳을 잃은 나머지, 아는 게 많아 뵈는 남자에게 그나마 말이 좀 통하겠지! 하고 괜한 기대를 걸기 마련이다. 고백하자면 소위 '교양 있는 지식인'에게만큼은 감탄할 수 있지 않을까, 그런 남자를 만나 티키타카를 주고받을 수 있다면 마음을 무릅써도 좋지 않을까, 내심 비장하게 다짐해왔던 것이다.

하지만 대화 후 상대가 빈틈없는 불통 전문가라는 걸 깨닫고 금세 시무룩해지길 수없이 거듭하면서 나는 그만, 위키백과의 현현이나 자기 논리에만 몰입한 남자를 두고 똑똑하다 감탄하기엔 내가 늘 스마트폰을 쥐고 있고, 구글링을 해가며 온갖 정보를 찾아내는 현대인이 되어버렸다는 걸 깨달았다. 그리고 약간 체념하듯, 어떤 논리나 정보를 나열해대며 자기는 다 안다는 듯 삼엄하게 구는 걔들이, 사회가 을러대왔던 만큼 똑똑한 것 같진 않다고 중얼거리게 되었다.

요 몇 년간 읽고 써오며, 나는 작가의 역량만큼이나 독자로서의 역량 역시 중요하다고 여기게 된 터였다. 똑똑한 독자 되기야말로 좋은 예술의 필수 조건이라 믿게 된 것이다. 배움은 자주 상상력을 추동하므로, 그런 '―되기'에는 정보나 논리, 학계의 관념 같은 것도 필요하다. 하지만 '똑똑한 독자 되기'에서 중요한 건 자기 기억을 만들어나가는 일에 있다.

얼마 전 독서 모임에서 시를 읽던 중이었다. 슬픔이 느껴지면서도 우중충하지 않고 화사한 게 아리송한 시였다. 그러자 우리 중 누군가가 성묘 갈 때마다 무덤 곳곳에 놓인 화려한 꽃들을 보았던 걸 이야기해주었다. 그 덕에 그날 거기 있던 사람들은 색색의 슬픔이 무엇인지 조금 이해할 거 같은 마음으로 돌아갔다.

또 언젠가는, 길냥이의 울음을 들은 동거인이 편의점에 가 황급히 츄르를 사 왔다. 그 츄르를 허겁지겁 받아먹는 길냥이를 뭉근한 눈으로 바라본 뒤로, 동거인은 밤공기를 가르는 길냥이의 울음이 무슨 뜻인지 조금 더 잘 알아듣게 된 것도 같다고 말해왔다.

그보다 몇 년 전 엄마와 영화 기생충을 보고 집에 왔을 때, 나는 주인공이 수석을 들고 계단을 내려간 이유를 궁금해했다. 여러 글을 읽어도 와닿지 않았는데, 엄마는 없는 형편에 동네 사람들과 김치전을 나누어 먹던 일화를 들려주며 말했다. 가난한 사람은 가난이 뭔지 아니까 행운을 나눠주려고 간 게 아닐까? 그 후 나는 기생충이란 영화를 조금 더 두껍게 느끼는 것도 같다.

학술적으로 설명하기는 어렵지만, 그렇게 조금 알 것 같아지는 순간들로 말미암아, 나는 각자 살면서 느끼고 간직해온 장면이 사람을 꽤 똑똑하게 만들어준다는 결론을 내렸다. 색색의 슬픔이나 길냥이의 울음, 영화의 장면같이 모호한 것들을 알고자 할 때 필요한 건 꼭 들어맞는 논리보다는 빈틈이 생기더라도 빗대고 포개어 볼 수 있는 각자의 기억이었다. 그런 기억을 가지는 건 생각보다 훨씬 어려운 일이기도 했다. 누군가를 사랑하고 위하는 마음, 다른 존재의 시야를 수용해보려는 시도, 몰라서 치솟는 감정과 그로 인해 행동하게 되는 찰나, 그리고 때론 비논리적이고 비효율적이고 도무지 타당하지 않을 순간에서야 잊지 못할 자기 기억이 각인되기 때문이다.

축복인지 저주인지는 모르겠지만 여성으로 사는 일은 이러한 정념이 누적되는 일인 것 같아서, 나는 논리 바깥의 모호함을 대할 때만큼은 자신이 있었다. 내게는 그 물음을 해석해낼 숱한 순간들이 있었고, 그런 게 잘 모르는 채로도 모호함을 해석해내는 개인의 고유한 감각이자 고유한 지식이 되었음을 이제 안다. 그런 건 학위를 딴다고, 구글링을 하거나 책을 읽는다고, 논리와 정보를 운운한다고 생겨나는 것이 아니었다.

같은 이유로 어떤 교양 있는 똑돌이들은 모호함의 세계를 비논리적이라거나 감정적이라며 지식 바깥인 양 취급했다. 자신의 무능을 면피하기 위해 아예 불필요하다고 여겨버린 것이다. 뭐랄까, 그들은 모른다는 데 좀 곤두선 듯 보이기도 했다. 덕분에 그들은 논리 바깥의 지식이나 특정한 모호함을 자기식으로 답하는 데 실패했다. 보편 말고도 개인의 고유함에 대해 질문하는 예술은 물론이고 페미니즘을 사유하는 데 여실히 실패했다. 심지어는 재미까지 없었으므로, 나는 감탄해온 것이다.

이럴 수가, 이렇게 아는 게 많은데 노잼이야!

아무리 그렇다고 논리나 이성이 중요하지 않을 수는 없을 것이다. 다만 알아야 갖게 되는 것만큼, 몰라야 가질 수 있는 것도 중요하다. 밖에서 길어오는 것만큼, 안에서 길어내는 것도 중요하다. 보편적인 것만큼, 고유한 것 역시 중요하다. 고백하자면 나는 후자를 마음껏 누락하는 식으로 존재하는 똑똑함에 숭숭 뚫려 있는 구멍을 놀리고 싶은 마음에서 이 글을 썼다. 우리가 타인을 품어내는 찰나와 기억을 내 안에 가지고 살지 않으면 정서를 동반할 수 없으며 그 상태론 개념이나 관념을 암만 쌓아봤자 말짱 도루묵이지롱, 그런 식으론 너는 안 똑똑하지롱, 같은 얘기를 하고 싶어서.

도둑맞은 섹스

.

어쩌면 나는 성적으로 노련하고 원기 왕성한 여자로 보일지도 모른다. 왜 다들 베를린에 뭘 숨겨둔 것처럼 굴어? 오픈 릴레이션십은 진짜로 유행이야? 자위를 언제 그렇게 부지런하게 해? 정말? 모두 오르가슴을 느껴본 거야? 아직도 매일같이 섹스를 한다고? 다들 능숙한데 나만 헤매는 거야? 애무를 주고받을 때조차 눈과 손을 어디 둬야 하는지 머리에 지진이 나는 건 나뿐이야? 이런 질문을 하는 대신, 나는 누군가 성적 모험담을 말할 때마다 동의하듯 깔깔댄다. 진지한 척 그에 관한 게시물을 공유하거나 잘 아는 척 댓글을 달고 아무렇지도 않은 척 섹스를 발음한다. 뒤처지고 싶지 않기 때문이다. 사람들은 실패한 섹스 아니면 대단한 섹스만 이야기한다. 그들은 최근의 섹스가 얼마나 별로였는지 평가하거나 얼마나 대단했는지 자랑하는데, 그건 그 자신이 성적으로 시시하지 않다는 걸, 여전히 섹스를 탐험 중인 주체라는 걸 증명하는 방식이다.

그 말을 남성이 하면 시큰둥해진다. 남성의 섹스에 대해선 지나치게 오래 또 많이 들어왔다. 그들은 거의 최고의 섹스만 얘기하는데 그렇게 여성을 얼마나 만족시켰는지 떠들어대는 남성 중, 자신이 연기를 잘하는 배려심 많은 여성을 만났을 확률을 고려하는 경우는 극히 드물다. 경험적으로 남성 대부분은 상대의 몸을 마주하고 배우는 데 관심이 있기보다 어떤 동영상에서 본 기술을 자신이 얼마나 제대로 구사하는지에 관심이 있어 보였다.

하지만 여성이 섹스에 대해 말할 때면 온몸이 곤두선다. 그들의 이야기는 드디어 시작이니까. 이제야 많은 여성이 거대한 욕망과 함께 자신이 성적으로 원기 왕성하다는 걸 아낌없이 드러낸다. 오늘날 여성들은 이전의 섹스가 얼마나 어림 반 푼어치도 없는 일이었는지, 가지각색으로 실패한 각자의 섹스를 늘어놓는다. 섹스의 경험을 드러내는 일이 더는 흠이 아니며, 오히려 그 여성이 얼마나 능동적이고 힙하고 앞서가는지 보여주기도 한다. 만족을 모르는 욕망을 어떻게 채워갈 것인지 욕망의 주체로서 고민하는 여성의 이야기는 여성들 사이 언제나 각광받아왔다.

그중에서도 특히 솔깃한 건 전설처럼 등장하는 대단한 섹스의 여성 주인공이다. 만족할 줄 모르는 욕망의 주체이자 무한히 개방된 여성. 관능적이고 매혹적인, 언제든 상대의 욕망을 건드려 끊임없이 섹스할 수 있는 여성. 자신을 조금도 억누르지 않고 몇 번이고 오르가슴에 몸부림치는 여성. 휘몰아치는 섹스로 상대를 압도하는, 벌거벗은 채로도 백 퍼센트 그 자신으로 인정받는, 그 끝내주는 여성.

묘한 것은 남성이 말해온 최고의 섹스에도 같은 여성이 등장한다는 것이다. 남성의 일상생활에 치명타를 입히는 그 여성은 다른 이들에게도 치명타를 입혔다. 바로 나 같은 여성 말이다. 아니 그 여자 도대체 어딨어? 오래전, 여대를 다니던 나와 내 친구는 통계적 의구심을 가졌다. 주변 남성들은 다들 섹스에 있어 자기가 꽤 대단한 양 말하고 있으니, 우리 같은 여초 집단에서는 그런 대단한 섹스를 경험한 여성 한둘쯤은 마주칠 법도 한데, 들어보면 왜 이렇게 다들 고만고만한 섹스만 했느냐는 거였다. 친구는 남성들이 죄 착각했거나 거짓말을 했다고 말했지만 내 생각은 조금 달랐다. 아니지. 모든 일에 백 퍼센트는 없듯, 그들의 말에도 일말의 가능성이 있어. 내 가설은 다음과 같다. 어떤 커다란 욕망의 주체이자 아주 능동적인 한 여성이 그들을 돌아가면서 만났고, 우리 몫의 대단한 섹스까지 훔쳐 간 거지. 야! 이건 도둑맞은 섹스다!

배를 잡고 웃으며, 친구와 나는 누군지 모를 그 여자야말로 여성 해방의 주인공이라고 했다. 그때는 분명 장난이었다. 우리는 막 페미니즘을 접한 여성들이었고, 주체적인 '진짜 나 자신'이 되는 일에 감화되어 있었다. 진짜 내가 되는 일은 억눌러왔거나 소극적이었던 내 삶의 부분을 열어젖힐 때나 가능해 보였다. 여성 해방의 주인공되기가 영 요원하게 느껴질 때면 주변을 둘러보았다. 이미 자기 자신으로 보이는 여성이 몇몇 보였지만, 그들을 포함한 내 또래의 어떤 앞서가는 여성도 대단한 섹스를 할 거 같진 않았다. 현실에서 가능하다고 상상하기에는 개인적으로나 외부적으로나 데이터가 너무 없었다. 그러므로 나로선, 차라리 내가 그 주인공이 되고 싶었다. 그럴 수 있을 거라고도 생각했다.

소량이나마 데이터를 쌓을 정도로 나이를 먹은 지

금, 나는 대단한 섹스를 말하는 여성을 볼 때마다 오래전 가설을 떠올린다. 장난이었는데, 정말로 있었어. 이제는 웃음이 나오지 않는다. 이미 완벽해 보이는 그들이 최고의 섹스까지 훔쳐다가 그들의 다채로운 삶을 한층 더 다채롭게 할 에피소드로 삼을 줄은 몰랐다고, 어쩐지 무언가를 도둑맞았다는 생각을 하면서도. 여유로운 척 거기에 끄덕거릴 뿐이다. 뒤처지고 싶지 않아서.

나는 역시 주인공은 못 되는, 시시한 아이인 걸까. 그럴지도 모른다. 수동적인 주제에 완벽하려 노력하다 좌절을 거듭하는 소소한 섹스야말로 바로 내 것이니까. 벌거벗은 내 몸은 나 자신에게도 인정받지 못한다. 나는 아직도 요구를 어려워하고, 부끄러워한다. 뭘 하거나 하지 말아야 할지 잘 몰라서 상대가 먼저 만져주길 기다린다. 관능과 매혹의 대실패. 내 섹스엔 BGM도 촛불도 비명도 없다. 일상에 치명타를 줄 수 있는 거듭된 섹스는 무리다. 나와 동거인은 익숙하게 시작해 끝난 직후 따뜻해진 몸에 서로를 두르고 두런두런 말한다. 씻고 늘어지게 잠을 자거나 각자 책을 보고 영화를 보거나 카페로 간다. 이렇게 소박하고 잔잔한 섹스라니.

가장 큰 문제는, 내가 거기 만족한다는 것이다. 탄력 없고 건조한 낯으로 흐트러진 채 거울을 본다. 나를 두렵게 만들던 모든 게 거기에 있다. 거울 속엔 능동적이거나 주체적이지도, 성적으로 원기 왕성하지도, 만족을 모르는 욕망을 바탕으로 힘차게 앞서가지도 않는 여성이 있다. 뭐가 진짜 나인지 여전히 잘 모르겠지만, 이 여성은 진짜다. 어쩌면 나는 '진짜 나'라는 관념을 과장해왔을 뿐인지도 몰라. 여성이라면 아무것도 모르거나 모든 것에 능숙하거나 둘 중 하나는 해야 한다고, 꼴리지 않는 존재가 되면 끝나는 거라고, 그리해 널 향한 애정은 종말할 거라던 겁박마저 여기 이렇게 살아 숨 쉬는데 허름한 나는 어쩐지 안도한다. 종말은 없고, 구겨진 침대 위 소소한 섹스는 뜻하지 않게 퍽 근사하다.

한번은 동거인이 나를 만지지 않고 잠들었다는 이유로 몰래 운 적이 있었다. 데이트를 하느라 오래오래 걷고 온 날이었다. 혹시 내가 섹스 어필을 하지 못하는 걸까, 나는 성적으로 시시한 걸까, 그러다 결국 이 사랑도 끝이 날까. 연애 초기부터 시작된 오랜 두려움으로 몸부림치던 나였지만 이 사람을 이런 종류의 서운함으로 잃고 싶지 않았다. 며칠을 고민하다 용기 내 말을 걸었다. 섹스 횟수에 전전긍긍하는 내 기분이 이렇다, 나에게 성적 매력이 없는 것 같다, 사랑을 증명받지도, 나를 인정받지도 못하는 것 같이 느껴진다. 그 정도의 말을 하는

데도 변명이 많이 붙었다. 그도 머뭇거리다 솔직하게 대답해주었다. 가능은 하지만 이 정도 이상은 일상생활이 피곤해진다고. 너를 사랑하고 성적 매력을 느끼지만, 널 그렇게만 보지는 않는다고. 당연한 피로를 말하는 건데도 그 역시 큰 용기가 필요한 듯 보였다. 그렇게 우리는 자칫 각자의 성적 무능을 의심받을 수 있는 솔직함을 주고받았다. 그 무렵 그는 매일 고강도 운동을 했다. 평일은 출퇴근하며 빠듯하게 보냈고, 주말에는 쉬지 못하고 나와 함께 온 사방을 돌아다녔다. 나는 그의 생활 패턴을 유지하는 데 드는 에너지에 대해 듣다가 살면서 단 한 번도 이 문제를 구체적으로 말해본 적 없음을 깨달았다.

몰래 우는 나를 그가 몰랐던 만큼, 나 역시 그를 까마득하게 몰랐다. 몰랐다는 사실조차 몰랐다. 내가 아는 한 남자는 늘 예열된 존재였다. 남성 위주 무한발기 신화는 남녀 모두에게 해악을 끼쳤다. 남자라면 자자고 나서는 여성, 섹스가 준비된 여성을 거절하지 않아야 마땅하지, 늘 발기해야지, 그렇지 않으면 너나 나, 누구 하나는 문제가 있어. 그렇게 생각하고 있는지도 모를 만큼 자연스러운 사고의 흐름이었다. 나의 눈물은 내가 혹 성적이지 못한가 싶은 불안함으로 인해 흘렀지만, 나의 불안은 그를 취향도 피로도 없이 성적 욕구만 있는 사람으로 여긴 내 무의식에서 기인했다.

용기 내 나눈 그날의 대화 이후 나는 횟수나 시간에 전전긍긍하지 않는다. 그는 반응해야 한다는 압박감을 느끼지 않는다. 언젠가 우리도 휘몰아치는 섹스를 하기도 했다. 그러나 연애 초반 감탄과 흥분에 휘감겨 어쩔 줄 모르던 그들은 어디론가 스며들듯 사라졌다. 지금 우리는 전만큼 전력을 다하지 않는다. 그런데도 항상 부족하다는 느낌을 받았던 지난날과 달리, 나는 충분하다고 느낀다. 더없이 따뜻하다고도.

어떤 이야기든 주인공은 무언가를 원한다. 욕망은 사람을 주체로 만드는 힘이 있다. 내가 읽고 본 숱한 이야기 중 상대적으로 몇 없던 여성 주인공들은 자기 자신보다도 큰 욕망, 스스로를 부수고 싶을 만큼 끓어오르는 거대한 욕망에 휩싸이는 인물로 자주 묘사되었다. 나와 달리 그들은 더 많은 자유를 원했고, 뭐든 할 수 있다고 말했으며, 무엇보다 타인이 자신을 부수거나 훼손하도록 얌전히 내버려두지 않았다. 심지어 어떤 주인공들은 욕망과 자유를 위해 자기 자신을 파괴하기도 했다. 늘 이야기 뒤에만 자리하던 여성이 이야기의 주체로 나서기 위해서는 그에게 압도적으로 큰 욕망이 부여되어야만 했을 것이다. 그렇게 전에 없던 이야기의 주인공들은, 독자들에게 여성의 삶이 이렇게도 확장될 수 있노라 말해주었다. 여성으로서 너는 더 이상 참지 않아도 된다는 것, 자신의 이야기를 가진 너는 원하는 걸 쟁취할 수 있다는 것, 너는 함부로 누군가 널 건드리게 두지 않을 것이며, 이래도 저래도, 너 자신 그대로도 괜찮다는 것. 그 주인공들은 무언가를 증명하고 있었고 나는 언제나 그들이 되고 싶어 애가 닳았다. 성적으로 자유분방하고 원기 왕성한 여성의 이야기도 마찬가지였다. 그러니까, 대단한 섹스를 하는 여성 역시 무언가를 증명한다고 생각했다.

하지만 시간이 지나 깨닫게 되었다. 몇 년째 진행 중인 나의 안정적 연애는 내가 어떤 존재여도 괜찮을 거라는 감정적 기반이 되어준다는 것과, 그 연애는 뜻밖에도 내가 일정 부분 나 자신을 놓아주었기 때문에 가능하다는 것. 주체적인 여성은 뭐든 할 수 있지만, 사랑만큼은 아니다. 어쩌면 그 어떤 주체도 주체로서 타인을 사랑할 수는 없는 거 같다. 나는 관능적이지도 매혹적이지도 않고 내 몸을 사랑하지도 않는다. 애무를 받을 때 여전히 자주 시선과 손을 어디에 둘지 모르고 허둥댄다. 그래도 지금은, 그대로도 괜찮다는 걸 안다. 연애가 지속되면 섹스 중 몸 매무새나 행동을 신경 쓰는 일이 줄어든다. 내 자세고 뱃살이고 성기고 아무래도 괜찮아지는 섹스는, 나를 전공하고 싶어 하는 상대로 인해 가능해진다. 상대가 나를 괜찮게 봐주어서 괜찮아지는 것이다. 그건 '나를 신경 써온 나'라는 주체를 그가 부드럽게 파괴해서, 주체의 생각조차 그가 침범해버려서, 내가 그의 눈으로 나를 보고 그의 시야로 나를 생각하기 때문에 일어나는 일이다. 다만 거기 치명적인 건 없다. 파괴당한 곳을 상대가 메꾸어주기 때문이다. 나 자신으로만 존재하는 부분은 좁아진다. 우리는 서로의 부분이므로 누구도 압도하려 들지 않아서, 섹스는 자연스럽게 소박하고 잔잔해진다. 튼튼한 관계와 소소한 섹스는 무관하지 않다.

나는 소소한 섹스가 충분하다 느껴질 만큼 만족스럽다. 어느 정도로 만족스럽냐면, 혹시 내가 바라온 게 주체적인 나, 온전한 백 퍼센트의 자신이 아니라 그저 이대로도 괜찮은 나였던 걸까 싶을 정도로. 내가 혹시 시시한 사람이어도 위협받지 않는다는 걸, 그저 그게 내 종말이 아니라는 걸 확인하고 싶었던 게 아닐까 싶을 정도로. 여전히 그리고 앞으로도 대단한 섹스를 마주할 때마다 주눅 들겠지만 미리 알았다면, 조금 다르지 않았을까?

그러므로 나는 소소한 섹스에 대해서도 말하고 싶

다. 더 좋다, 가 아니라 이것도 좋다고. 이런 섹스가 성적 무능을 증명하는 게 아니라고. 누구도 나에게 소소한 섹스에 대해 말해주지 않았다. 내게는 무한한 가능성이 아닌 한정된 시간과 체력이 존재한다. 그의 손을 잡고 밖으로 나가 많은 걸 누리고 돌아오는 날, 꾸민 것을 모조리 내려놓고 허름하고 노곤한 상태에서 익숙한 침대에 누워 시시덕대고 싶다. 가끔은 힘이 닿는 한 맨몸끼리 부딪치고 잠 들고 싶다. 나의 구멍을 메꿔주는 상대와, 그 앞에 선 백 퍼센트가 아니라도 괜찮은 나 자신을 사랑하면서.

소소한 섹스가 있을 때야 가능한 일이다. 소소한 섹스는 누구도 위협하지 않는다. 여기, 종말은 없어. 거듭되는 쾌락의 바깥이 종말일 거란 암시는 그릇되었다. 정말이지, 나는 늘 외설적이지 않아도 괜찮다.

웃는 듯 우는 듯

.

어느 해 6월 친구 오카소의 을지로 작업실에 갔습니다. 땀으로 미끌거리며 도착한 내게 황송하게도 오카소는 직접 싼 도시락과 탄산수를 내밀었고, 우리는 참기름과 잡곡과 서툰 손맛이 적절하게 배합된 주먹밥을 우물우물 씹으며 밀린 근황을 나누었습니다. 서로의 공통 관심사에 과몰입하거나 을지로의 임대료에 분개하거나 앞으로의 답 없는 인생 혹은 작업 방향을 장황하게 늘어놓던 와중에, 오카소가 문득 불만스럽게 말했습니다.

지겨워, 왜 만나는 족족 피해자냐고.

부연해보자면 오카소는 부당함을 인지해 뭐라도

해보겠다는 마음이 다소 지긋지긋하게 느껴지는 순간들, 늘 피해자로만 규정되는 어떤 사람들에 대한 이야기를 하고 싶어 했습니다. 그중에는 피해자 서사에 진절머리 내면서도 정작 서사의 바깥으로 분류되면 억울해하는 우리 역시 포함되었고, 둘 다 연대와 피해 사실의 발화는 꼭 필요하다는 데 동의하고 있어서, 대화는 진척되기보다 '아휴 지겨워!' 수준을 맴돌았습니다. 그러니까 우리는 페미니즘 없이 살 수는 없었지만, 안 그래도 필요한 게 많아 죽겠는데 페미니즘까지 필요하다는 게 가끔 참을 수 없었던 겁니다. 마침 언젠가 인상 깊게 읽었던 김금희 소설가의 단편 〈우리는 페퍼로니에서 왔어〉가 생각나서, 나는 오카소에게 소설 속 한 장면을 들려주었습니다.

　　화자가 묘사하는 남자는 기오성이라고 이름부터 구린 작자인데, 극우로 변절한 점잖고 젊은 김어준 느낌? 아무튼 기오성이 따뜻하지만 힘없는 사람들로 엮인 모임에 나가서는 한잔하고 택시를 부르려다가 다른 사람들한테 물어봐. 너희 어디 사냐. 그랬더니 다들 미아요, 부천이요, 대답하는데 그걸 들은 기오성이 이렇게 말해. "야이 씨, 어떻게 강남 사는 놈들이 하나도 없냐!"[*] 그러

[*]　　김금희, 〈우리는 페퍼로니에서 왔어〉, 《우리는 페퍼로니에서 왔어》, 창비, 2021, 171쪽.

고는 웃는 듯 우는 듯 서 있었다나.

뭔 소린지 알겠지, 하는 내 눈짓에 오카소는 단번에 이해라도 한 듯 온몸을 부르르 떨며 비명을 질렀습니다.

아오, 좀, 그니까 그런 거 이해하기 싫다고!

나로서는 오카소의 비명이 만족스러웠으므로 같이 으악거리며 웃었습니다. 이런 게 바로 우정이라는 듯요. 그 후로도 한동안 유머나 자조가 필요할 때마다 나는 기오성의 대사를 읊었습니다. 이를테면 꼭 전해져야 할 메시지가 대중과는 영 상관없이 촌스러워 보일 때, 피해 사실로 무언가를 면피하려는 사람을 마주칠 때, 누군가 애써 지은 미소가 꼭 얼굴을 짓이겨 만든 것처럼 보일 때. 멍청하게 서서 웃는 듯 우는 듯 말해보는 겁니다.

어떻게 강남 사는 놈들이 없냐…….

오카소가 나와 같은 식으로 기오성을 이해했는지는 모르겠지만, 앞서 말한 소설을 읽으며 나는 몇 년간 이따금 내 안이 배배 꼬이던 날을 떠올렸습니다. 혼자 페미니즘 세미나니 뭐니 슬그머니 찾아다니거나, 어렵고 두꺼운 책을 사명처럼 읽거나, SNS의 다급한 글을 읽다 보면 나도 모르게 속이 부글거렸거든요. 왜 여기서 나나 이 사람들이 이런 말을 듣고 있어야 하지, 왜 나는 가끔 피해

225

같은 단어로만 지탱되는 것 같지, 왜 온갖 방식으로 불행을 증명하고 이해시키려고 애를 써야 하지.

한번은 한 배운 남자가 페미니즘을 운운하는 내 말에 지나치다 싶을 정도로 공감하는 겁니다. 그는 남자들의 폭력성을 다독이거나 키워주는 사회에 대해, 그 폭력성이 망가뜨리는 것들에 대해, 아니 그것들이 증명하는 이미 망가져 있는 남자들에 대해 목소리를 높였습니다. 그러니까 남자인 네가 뭘 알아, 싶을 정도로 말입니다. 나는 아닌 척 가자미눈으로 그를 지켜보았습니다. 그런 식으로 윤리를 선취하려 드는 남자 중 도무지 믿음이 가는 놈이 없었기 때문입니다.

나중에 그가 오래전 외국의 으슥한 골목에서 남자 여럿에게 성폭력을 당할 뻔했다는 걸 알았습니다. 그는 무력(無力)함과 무력(武力)을 이해한 사람 특유의 얼굴로 말했고, 그 얼굴은 나같이 의심이 많은 사람조차 단번에 설득해버렸습니다. 그게 아니면 그의 불행이 나를 설득했는지도 모르죠. 사람 마음이 간사한 게, 듣고 보니 그가 썩 달라 보이더군요. 어떤 일은 일어나기 전으로 돌아갈 수 없다고 생각하면서, 나는 조금 뭉클하게 연대라는 단어를 떠올렸습니다. 그러나 어떤 면에선 참으로 무시무시했는데, 그 후 종종 나는 내 말을 들을 생각도 없는

226

남자들을 전부 그 골목으로 보내고 싶다고 속으로 중얼거리다 놀란 나머지 스스로의 입을 틀어막았던 것입니다. 서로의 말을 이해한다는 건 정말 뭣 같기도 한 것이었습니다.

누군가 차라리 피해자가 되어버리길 바라는 마음과 나도 그 누구도 그딴 걸 모르면 좋겠는 마음, 피해자에 그만 이입하고 싶은 마음과 피해자가 아닌 사람들도 나서주길 바라는 마음, 그러면서도 피해 사실에 설득되는 마음. 웃을 수도 울 수도 없는 일그러진 마음들이죠.

한 해 한 해 나의 삶은 그 마음들로부터 미세하게 멀어지고 있는 것도 같습니다. 어쨌거나 글도 쓰고 책도 내고 사랑하는 남자와 같이 살면서 전보다는 조금 더 나은 삶을 살고 있으니까요. 대단치는 않은 이 삶이 좋아서, 불행이 도처에 있던 과거에서 도망치기 위해 나름대로 애쓴 보람이 있는 것 같습니다.

다만 이 정도의 평온은 처음이다 보니, 소재가 고갈되는 일상이 주는 불안을 알지 못했습니다. 자고 일어난 베개가 더는 눅눅하지 않다는 사실을 깨달은 아침, 나는 다급히 책상에 앉아 지난날을 파고드는 쪽글을 썼습니다. 눈물 자국 하나 없는 베개가 마치 '빈 문서1'같이 나를 압박해왔기 때문입니다. 그리고 자못 능숙하고 투명하게 써내린 과거의 아픔 같은 걸 저녁 무렵 다시 읽으며 생각했습니다.

망했다. 뭔가 단단히 잘못되었어.

그간 치열했던 내적 투쟁이 무가치해서가 아니라, 오히려 수려하게 서사화된 피해 사실이 보송보송한 잠자리를 원망할 만큼 값지게 느껴져 도리어 곤란했습니다. 나는 나보다 더 아팠던 사람의 글을 읽고 울면서도 그에게서 묘한 질투나 긴장감을 느끼거나, 30년 만에 비로소 갖게 된 무난한 날들을 밋밋하고 가치 없는 무엇인양 쏘아보면서 갓 벗어난 나의 과거를 그리워하고 있던 거예요. 더 쓸 삶이 없으면 어떡하지. 내 삶이 더 나아지고 시시해져서, 더는 불행하지 않아서 무엇도 발견할 수 없게 돼버리면 어떡하지.

그 글을 쓴 새벽 적어둔 메모는 이렇습니다.

훼손을 내세우지 말자. 그럼 자꾸 훼손되고 싶어지니까.

하루는 누군가 내게 말했습니다. 진짜인 당사자를 두고 가짜인 당신이 불행 팔이를 한다. 살 만한 주제에 가난을 탐한다. 글쎄, 그가 보기엔 내가 너무 '있'다는 겁니다. 신기하게도 그의 말은 언젠가 없는 주제에 왜 좋은 걸 탐내냐고, 혹은 불행 팔이를 하니까 저 모양이라고 나를 힐난하던 목소리와 닮아 있었습니다. 그들이 보기엔 내가 너무 '없'다는 겁니다. 이러나저러나 현실적이지 않다는 것이지요.

뭐가 되었든 불행 팔이라는 말이, 나는 좀 그렇습니다. 맞는 말이니까요. 다들 별의별 걸 팔면서 살아갑니다. 좋은 인연, 좋은 집, 좋은 옷, 좋은 냄새…… 세상은 점점 좋은 걸 우리 가까이 둡니다. 진실은 가까이 있다는 게 꼭 가능성을 의미하는 건 아니라는 것과 그렇게 쾌적하고 멋진 것들에 긴 시간 가까이 노출되어 있으면서 원치 않기는 힘들다는 겁니다. 무감해지는 것이야말로 내겐 비현실적인 일입니다. 나의 현실감각은 나의 요건이나 세계관이 출입하기 어려운 무언가를 유감스러워하고 또 욕심내면서 세세하게 지켜보는 일에 사용되어왔습니다.

글을 쓰고 책을 내기 수년 전부터, 나는 어디로든 편입되기를 갈급해왔습니다. 그건 내가 '무엇이 잘 팔리는가'에서 도저히 멀어질 수 없었다는 걸 의미합니다. 그러니 어떻게 불행을 포기할 수 있겠습니까? 내가 팔 수 있는 그나마의 것이 불행인걸요. 서점은 내 불행이 성공의 재료가 될 수 있다는 진실을 품은 장소인걸요. 과거를 팔아 여기까지라도 왔다는 걸 기억하고 있습니다. 여하튼 작가라 불리게 된 것입니다. 그 호칭이 곧 사회적 성공을 뜻하는 건 아니라 하더라도 말이에요.

배배 꼬인 날에는 혼자 험상궂은 표정으로 묻습니다. 사양산업이라는 이 분야에 여성들이 자신의 불행을 솔직하게 토로하는 일들이 늘어났다는 게 뜻하는 건 뭘까. 이야기를 사는 이로서는 행복합니다. 그러나 이야기를 파는 이로서는 꼭 그렇지만은 않습니다. 남자들에게 잘 보이려던 내 마음과 싸우던 나는 이제 여자들에게 잘 보이려는 내 마음과 싸웁니다. 이상적인 여성상은 달라졌을 뿐 여전히 존재하고, 어떤 화장품과 옷을 고를지, 무슨 말을 하고 무슨 표정을 지을지 내 몸이 숱하게 훈련해온 것과 비슷한 방식으로 나는 새로운 무언가를 내면화하려 듭니다. 가끔은 다정하게, 가끔은 뾰족하게, 가끔은 불행하게, 가끔은 있어 보이게.

약자의 쓰기를 부정할 수는 없지요. 피해자 발화가 잘못되었다는 이야기가 아닙니다. 오히려 꼭 필요하기 때문에 일어나버린 현상, 어떤 여성상과 불행이 팔리는 시장과 그 시장에 수긍하고 부딪히는 내 안의 꿈틀거림에 대한 이야기입니다. 단지, 나는 충분하지 못하다는 생각이 자꾸만 드는 것입니다.

횡설수설하고 있지만, 다시 돌아가자면 이런 나로
선 기오성의 웃는 듯 우는 듯한 표정을 알 것 같다는 말
입니다. 강남 바깥이 정체성이자 하나의 자격이 되는 것,
누군가에게 이상한 비장함을 대단한 값인 양 쥐여주는
것, 그가 회복도 도약도 못하게 스스로 자신을 바깥에 밀
폐시키려 드는 것. 인정하긴 싫지만 그렇게 누군가의 선
한 의지란 정작 더 나은 삶으로 가고 싶어 하는 개인에게
도움이 되지 않기도 하니까요. 정말이지, 매번 화를 내
지만 동시에 영원히 지속될 거 같은 분노는 내 안에 두고
싶지 않습니다. 패배도 그만하고 싶은데요. 가끔은 아예
그 마음들을 모른 척하고 싶은데요. 실은 내 삶이 혹사당
하질 않길 바라고 있을 뿐이었는데요. 강남에 살아본 적
도 없고 앞으로도 그럴 거 같지만 강남, 살아보고 싶은데
요. 근데 그러면서도 막상 강남 사는 놈이 그 따뜻하지만
힘없는 사람들의 모임 따위에 있었다면, 나나 기오성이
나 술김에 외쳤을지 누가 알겠습니까.

자격이 있느냐고, 너같이 배부른 놈에게 자격 같은
게, 씨발, 있느냐고.

이런 걸 생각하면 아무 데나 왁 소리 지르고 싶어지
고 그걸 못 하니 으악거리며 웃는 거지요. 교육이 다 뭐
랍니까. 정의감과 열패감이 원래 저들끼리 자주 엉킨다

231

는 걸 내가 만난 선생 중 누구도 가르쳐주지 않았는데요. 좀 정의로워 보려고만 하면 자꾸 내 안의 열패감이 고개를 들어서. 얼굴이 화끈거려 급기야 가지고 있는 정의감을 통째로 내다 버리고 싶은 충동에 시달리곤 합니다. 무겁긴 얼마나 무거운지 내다 버리지도 못하지만.

내 주변에는 고장 난 사람들이 많고 또 잘 모여듭니다. 나도, 내가 사랑하는 사람들도, 내가 관심 갖는 사람들도 모두 고장 나 있습니다. 그런 게 진짜 다 지긋지긋합니다. 서로에게 위무를 주고받는 게, 서로를 이해하는 게, 우리끼리 이미 아는 말을 나누는 게, 가끔 열패감으로 나 자신이 추잡해지는 게 진절머리난다 이겁니다. 이런 말을 하는 게 나쁜가요. 나를 포함해 내게 의미 있는 사람들이 겪는 곤궁함의 항상성에 대한 불만, 울 줄 아는 사람을 좋아하지만 그렇다고 그 사람이 계속 울어야 하는가에 대한 물음, 그런 걸 결코 누군가의 정체성으로 삼지 않겠다는 결기, 이 모든 걸 당장 해결할 수 없는 내 무능 같은 게 반복되고 뒤섞일 때면 진절머리가 나는 걸 어떡합니까.

그래서 어쩌자는 거냐 물으면 뭘 어째, 소설 속 기오성은 잠적하지만 나는 그럴 생각은 없습니다. 나로선 계속하던 대로 글을 쓰거나 내가 할 수 있는 더 나은 행동을 고민하겠지요. 누구라도 그만 다치고 그만 아프길 바라면서 질질 짜다가 화내고 하겠지요. 아무렇지도 않은 사람을 보면 화를 내고 싶은 마음이나, 나의 상처를 증명하고 싶은 마음과 싸워야만 하겠지요. 다만 내 감정이 그렇다는 겁니다. 어쩌면 나는 연대는 아름답기만 한 게 아니라고, 지긋지긋해하면서도 이어나가는 것이라고 주장하고 싶은지도 모릅니다. 으악거리며 웃거나, 정말로 강남 사는 놈들이 없는 거냐, 하면서. 웃는 듯 우는 듯 애써 얼굴을 짓이겨가면서.

우리가 최선을 다해볼 미래

•

　주변 직장인들의 경력이 5년 차에서 7년 차 정도에 접어들었다. 내가 가지 못한 길에 대한 동경 때문인지 늘 흥미진진하게 그들의 이야기를 듣는다. 직군도 회사도 다른 그들의 상사 모두가 너무나 비슷하게 구린 나머지 전부 동일 인물이 아닐까 의심하고, 어떨 때는 그들의 직장동료가 저지르는 매너 없는 짓에 놀란 나머지 세상에는 참 미친 자들이 다채롭게 많구나, 감탄한다. 그들의 얘기로 미루어볼 때 그 시기 직장생활을 관통하는 키워드는 '선'인 거 같았다. 회사 일은 더도 덜도 아닌 어떤 선만 지켜도 이어진다는 것.

오랜만에 카페에서 만난 B에게 그런 얘기를 하자, 퇴근을 마치고 온 B는 격하게 고개를 끄덕이며 커피를 한 번에 들이켰다. 배부른 소리 같기도 한데, 나 진짜 이렇게 살아도 되나 싶다니까. 그의 하소연은 랩에 가까웠다. 뭘 제대로 힘주어 해보려고 하면 조직의 관성이 다 쳐내고, 주어진 일은 죄 비효율적이거나 포장이고, 윗사람 중 닮고픈 인간상은 영 없고, 그렇다고 배우자나 자식처럼 무기력을 버티게 해줄 동력도 없고…… 야, 미래는 커녕 오늘 Ctrl C 내일 Ctrl V라 이거야.

주어진 자유라고는 퇴근 후 몇 시간뿐이지만, 하루 대부분을 회사에서 보내고 나면 방전되어버리길 반복한 B는 그래서 야심 찬 계획을 세웠다고 했다. 회사에서는 딱 해야 할 만큼만 해내고, 그렇게 비축한 에너지로 (뭔지 모를) 내 것을 해내자! B의 이론은 완벽했다. 더해 스마트한 B는 추진력도 좋았고 연차에서 오는 바이브로 우선순위도 빠르게 정할 줄 알았다. 그러나 현실은 B의 이론보다 더 강고한 모양이었다. 할 만큼만 하는데도 이상하게 더 지치고, 또 그렇게 비축한 에너지를 유용하게 쓰지 못하는 것 같다고 B는 한숨을 쉬었다. 그 한숨은 자기혐오로 이어졌다. 회사에서도 그저 그런 주제에 왜 지치냐고, 나는 왜 이도 저도 제대로 못 해내냐고, 심지어 왜 그만두지도 못하냐고…… 자신의 무기력을 푸념하는 얼굴이 지쳐 보였다.

　술집이 아닌 카페를 약속 장소로 잡은 멍청함을 자책하며, B에게 무슨 말을 하면 좋을까 생각했다. 하소연은 들어주기만 해도 되는 걸 알았지만 마냥 자신을 혐오하게 내버려두기에 B는 너무나 근사한 사람이었다. 그래서 진부하고 섣부르지만, 뭐라도 B와 나눌 수 있는 교집합을 뒤지던 나는 오래전 잠깐 회사를 다녔던 경험을 떠올렸다. 그 경험이라는 게 인턴을 빙자한 아르바이트 정도라서 민망했지만 어쩔 수 없었다.

　전공을 살려 패션 회사의 R&D실로 3개월간 출근했다. 마트 시식 코너에서 음식을 제공하듯, 원단회사에서도 브랜드 쪽에 작은 원단 묶음이자 샘플을 제공하는데 그걸 스와치라고 한다. 회사 구석진 곳에는 여기저기서 제공받은 가지각색의 스와치가 몇십 개의 대봉에 가득 담긴 채로 쌓여 있었다. 나는 그 스와치를 분류했다. 같은 색상이라도 원단에 따라 채도와 명도가 달라지므로 최대한 균일하게 분류해내서, 샘플들을 비슷한 사이즈로 자르고 붙여 컬러북을 만들었다. 사수는 컬러북을 보면서 자신에게 필요한 원단을 골랐다. 비유하자면 그건 내 사수를 위한 메뉴판을 만드는 일이었다. 오직 그 일만 하게 될지는 몰랐지만…….

3개월 동안 아침마다 일찍 눈을 떴다. 잘 해내고 싶은 마음이 알람보다 먼저 나를 깨웠다. 씻고 화장을 하고 있자면, 새벽까지 음식점에서 일하다 들어온 엄마가 부스스 일어나서는 내 곁을 맴돌았다. 밥 차려줄까. 과일 깎아줄까. 드라이기 가져다줄까. 됐으니 제발 다시 자라고 손사래 쳐봤자 엄마는 기어이 충혈된 눈으로 나를 배웅하고서야 다시 잠이 들었다. 그래선지 출근길엔 당신이 건넨 말들이 메아리치곤 했다. 뭘 하나 해도 최선을 다하렴. 항상 그게 중요한 거란다…….　지하철 검은 창에 비치는 내 얼굴은 뭐라도 해낼 준비가 되어 있었고, 나는 역에 내려 회사 방향으로 힘차게 걸어가면서 읊조렸다.

항상 그게 중요하지!

지금 생각해보면 나처럼 엄마도 인턴 3개월을 어떤 기회처럼 여겼던 것 같다. 그래서 나는 작은 실수에도 스스로를 용서 못 했는지 모른다. 기억나는 실수는 두 번인데, 두 번 다 내가 제멋대로 생각했기 때문에 벌어진 일이었다.

한번은 사수가 스와치를 종이에 붙이는 시범을 보여주면서, 일하는 동안 최대한 많이 붙이고 가라고 농담을 했다. 나는 비장하게 고개를 끄덕였고 속도를 내 많은 양의 스와치를 분류하고 붙여냈다. 보기엔 똑같아 보였으므로 흐뭇해하던 사수는 내가 붙인 스와치를 떼어보더니 얼굴이 굳어졌다. 뭐야 이게? 알고 보니 그 일에 있어 중요했던 건 많이 붙이는 게 아니라 스카치테이프를 딱 두 번만 말아 붙이는 그의 방식이었다.

두 번째 실수는 늦게 퇴근한 것이었다. 6시가 되자 사수는 퇴근해도 좋다고 했다. 나는 알겠다고 웃어 보이고는 조금 더 앉아 있었다. 그때 나는 떼어낸 스와치들을 그의 방식대로 다시 고쳐 붙이던 중이었다. 딱 30분만 더 하면 끝낼 수 있을 거 같았다. 내가 저지른 실수를 어서 만회하고 싶었고, 빠르게 퇴근하기보다는 일을 잘 해내는 게 내 몫인 거 같았다. 그때까지 나를 제외한 이들이 일찍 퇴근하는 걸 본 적이 없기도 했다. 그러나 그로부터 10분 후, 사수는 웃음기 없는 목소리로 조용히 말했다.

왜 안 가?

그게 마치 경고처럼 들려 나는 죄송하다 말하며 후다닥 가방을 챙겨 나왔다. 빠른 걸음으로 회사에서 100미터가량 멀어졌을 무렵 눈물이 터져 나왔다. 잘하고 싶었는데, 내가 다 망쳤어. 다행히 거기 외진 산책로가 있어서 실컷 울 수 있었다. 울 일이 아니라는 걸 알았지만 멈출 수 없던 건 그때 귓가에 내 미래로 추정되는 무언가가 무너지는 소리가 똑똑히 들렸기 때문이었다.

그 모든 게 착각이라는 걸 알게 된 건 출근한 지 한 달 정도 지난 어느 아침이었다. 나는 일찍 출근하는 편이었다. 도착해보니 출근한 사람이 아무도 없었다. 불이 켜지기 전 사무실에는 고요히 햇살만이 드나들었고 처음으로 마음 편하게 사무실을 둘러볼 수 있었다. 햇살을 받은 내 양옆 뒷자리는 현장 일이 잦은 VMD의 자리였는데, 자주 비어 있던 탓에 얇은 먼지가 앉아 있었다. 사수를 포함해 그들 대부분은 외국의 유명 패션학교를 졸업했거나 하는 식으로 비범했다. 나와는 달리 PC가 놓여 있는 그들의 책상을, 유심히 바라보았다. 그리고 텅 빈 내 책상으로 돌아가 그 위로 풀과 테이프, 가위를 올려두고 스와치를 쏟았다. 책상은 마치 스와치 무더기가 이루어낸 섬처럼 보였고, 그 섬에서 내가 해야 하는 건 명확했다. 사람만 할 수 있는 잡일, 누구라도 할 수 있는 그 일을 최대한 많이 하기 위해 일찍 온 터였다. 문득 나는 너무 많은 노력을 하는 것이 실은 무엇도 주어지지 않았다는 증거라는 걸 깨달았다.

매일 밤 시즌 트랜드를 외우고 핀터레스트 이미지

를 뒤졌다. 잡지를 통독했고 브랜드의 국내외 기사를 찾아 스크랩했다. 닥치는 대로 했지만 그게 맞는지는 알 길이 없었다. 무엇이 중요하고 또 중요하지 않은지 확인받을 일은 없었으니까. 주어진 미래가 없는 섬에서 내가 무너뜨릴 미래 같은 건 없었다. 무너진 게 있다면 내 마음뿐이었다. 평범한 나의 최선이 혹시 아르바이트를 계약직으로 만들고 계약직을 정규직으로 만들고 그렇게 무언가를 만들 수 있으리라 생각한, 세상을 까마득하게 몰랐던 내 마음.

그 후 밤에는 아무 일도 하지 않고 잤다. 더는 실수하지도 않았다. 나는 사수의 방식대로 일했고 칼같이 시간 맞춰 퇴근했으며 3개월 내내 원단을 성실하게 분류했다. 어쨌거나 찰나지만 내게 주어진 일이었고, 그것이 수준 이하로 떨어지는 건 견디기 어려웠다. 누구도 내게 큰 기대를 하지 않는다는 것만으로도 마음은 충분히 복잡했다. 노력을 덜하고 있음에도 나는 훨씬 지쳤다. 더도 덜도 아닌 적당한 선을 맞추기 위해서는 지금의 나 자신을 초과해볼 요량으로 장전해둔 최선을 억눌러야 했는데, 거기에는 인터넷쇼핑 중 최저가를 찾아 헤매다 오는 공허함 비슷한 게 있었다. 최저가 물건을 찾는 데 드는 시간처럼, 최선의 노력을 계량하는 데에도 품이 들었다. 할 만큼만 하는 데 드는 에너지는 꾸준히 그리고 놀랄 만큼 의욕을 빼앗아갔다. 그런 내 마음을 알 리 없는 사수는 가끔 참 잘한다고 격려해주었다. 큰 감흥은 없었다. 그 칭찬은 내가 앞으로 무엇이 될 수 있을지와는 무관했다. 오해를 살까 말하자면 사수는 좋은 사람이었다. 그는 자신이 해야 할 일을 잘 알았고, 그가 내게 한 지적은 전혀 부당하지 않았다. 하지만 거기서 일하는 내내, 나의 최선이 저지른 실수는 머리를 떠나지 않고 맴돌았다.

뭘 하나 해도 최선을 다하렴. 항상 그게 중요한 거란다…….

그 시기 나는 피곤에 절은 엄마가 아침마다 최선을 다해 나를 격려할 때마다 정색을 일삼았다. 옛날 얘기 그만해. 평범한 이에게 함부로 최선을 요구하지 마. 누구도 필요로 하지 않는 최선은 그저 나를 소모하거나 바보로 만드는 일이야. 냉소적이고 재수 없게 인생의 진실을 꿰뚫고 있다는 듯 굴었다.

퇴근 후엔 엄마에게 한 말을 뉘우치며 언젠가 숨어들어 울었던 산책로를 찾아갔다. 산책로는 경사가 심한 대신 정상에서 뻥 뚫린 시야로 일몰을 볼 수 있었다. 퇴근 후 헉헉대면서 경사를 올랐다. 지친 몸을 쥐어짜 매일의 일몰에라도 온 힘을 다하면 그제야 조금 살 것 같아졌기 때문이다. 거칠게 숨을 몰아쉬면서 나는 엄마의 말이 맞다는 걸 인정했다. 최선을 다하는 일이 있다는 건 중요했다.

그러므로 실수가 내 안에 오래오래 남아 있는 건 단순히 내가 옹졸하거나 창피해서만은 아니었다. 그 실수로 인해 나는 평범한 이의 최선보다는 비범한 이의 평범한 방식이 중요한 사회의 원리를, 대체 가능한 일을 주어진 선만큼만 하면 되는 이의 슬픔을 깊게 새겼다.

지금 내 앞의 B는 최소한의 선을 지키는 식으로 오늘을 버티는 고단한 회사원의 얼굴로 앉아 있었다. 회사원이 아닌 나와 그의 경험은 근본적으로 다를 거였다. B에게 대안을 제시하거나, 회사를 그만두길 권유하거나, 왜 최선을 다하지 않느냐고 함부로 말할 수는 없었다. 그것은 내가 하고 싶은 말도 아닐뿐더러 B가 결정해야 할 일이었다. 그러나 기왕의 함부로라면, 나는 친구로서 B의 마음이 그때의 나와 비슷하지 않을까 함부로 포개어보고 싶었다. 무어라도 비축하려는 B의 모습이란 실은 자신의 온 마음을 쏟을 대상을 찾는 증거라는 점에서, 최선을 억누르는 B에게 역으로 최선을 다하는 건 중요해 보였다. B를 그렇게 만든 상황은 B에게 무기력을 빙자한 슬픔을 새겨놓았는지도 모를 일이었다.

그래서 나는 내가 할 수 있는 것을 했다. 그에게 네 이론에 빠진 게 있다고 짐짓 능청을 부린 것이다. B는 어리둥절한 얼굴로 나를 보았다. 야, 당연히 지치지. 당연히 뭘 못하지. 할 만큼만 하는 데 드는 힘은 왜 빼. 분배에 드는 에너지도 만만치 않은데, 그렇게 네 힘을 분배하게 만드는 회사가 잘못이지. 그 말이 격려로 들리길 바라면서 조마조마 쳐다본 B의 얼굴이 다행히 밝았다. 아 맞네, 그걸 몰랐네! 짬이 찬 회사원답게 B는 빠르게 자신의 이론을 수정했고, 나는 친구의 자기혐오가 잠시 사라진 것에 기뻐하며 초콜릿을 깠다. 그렇다면 어떻게 하면 좋을지 한참 노닥거리며, 우리는 우리가 최선을 다해볼 미래를 고민했다.

epilogue
아무리 헤아려도

.

이 책을 만든 것들을 생각한다.

쉽게 확언하지 말고 비겁하지 않으면서 끝내 솔직하길 바랐다. 나 자신에게 불리해지더라도 스스로의 판단을 지켜가길 바랐다. 그것이 작가만이 가질 수 있는 태도 같아서. 근데 그러려면 기꺼이 나 자신을 잃어버려야 했다. 아니, 나는 나를 제대로 가져본 적도 없는 거 같은데……. 가져본 적도 없는 걸 잃을까 봐 우물쭈물하고 있으면, 가까운 이들부터 온라인의 익명들까지 종종 따뜻한 말을 남겨주었다. 고맙고 두렵고 의아했다. 왜 이렇게까지 해주지? 나는 결국 남이잖아? 신기하게도 어떤 이들은 무언가를 잃어버린 사람에게 이유 없이도 자기의 마음을 빌려준다. 꼭 라이터를 잃어버린 이에게 불을 빌려주는 흡연자처럼, 내게 흔쾌히 마음을 빌려주는 이들 덕에 나는 까짓 뭔지 모를 나를 좀 잃어버려도 괜찮겠다고 생각하게 되었다. 고마운 이들의 이름을 모두 여기에 쓸 수는 없다 보니 미안할 따름이다.

이따금 쌓아둔 책 중 하나를 펼쳐 접어둔 페이지와 그어둔 밑줄을 물끄러미 들여다본다. 그렇게 멈춰 있던 순간순간은 이 책으로 오는 길의 정거장이 되었다. 나를 숨차게 하는 타인의 좋은 글에 기대어서만 뭐라도 쓸 수 있었다. 읽는 사람은 자신을 멈추게 한 지점에서 출발해 쓰는 사람이 되는 게 아닐까. 내가 기대온 언어 중 상당수가 여성의 것이었다는 점에서, 여성 서사란 이어달리기일지도 모른다. 바통을 받고, 그걸 또 다른 누군가에게 넘겨주려 빈 종이 위를 달려보는 것. 이어받고 또 이어가는 것. 먼저 세상에 나온 좋은 글들이 없었다면 내가 작가가 될 수 있었을지 잘 모르겠다. 여기에 이제는 책을 만드는 사람들이 작가를 만든다는 걸 실감하고 있다. 훌륭한 편집자를 만나는 기쁨을 알려준 효인 님과 정미 님께 감사를 전한다. 늘 따뜻하게 격려해주신 두 분이 있었기에 나를 샅샅이 들여다볼 용기를 낼 수 있었다. 문장의 뒷면까지 읽어주는 이들과 일하는 행운에 대해서 곱씹게 되었고 곱씹을수록 더 성실하고 싶어졌다.

첫 책이 나온 뒤 몇몇은 나를 다정한 사람으로 오해했다. 아마 부드럽고 따뜻한 어감의 제목 때문이었을 것이다. 오해는 기뻤지만, 고백하자면 '연중무휴의 사랑'은 오히려 사랑을 지속하며 우리가 늘 다정할 수 있는지 의문을 담은 표현이었다. 매일 쉬지 않는 사랑이 언제고 다정할 수는 없을 테니까. 삶에는 도무지 다정하기 어려운 날이 찾아오고, 누군가 무표정하다고 반드시 무정한 건 아니니까. 그러므로 쓰는 내내 다정의 좋음과 그 필요만큼이나 그럴 수 없는 숱한 맥락을 세어보려 했다. 사랑과 무관해 보여도, 버티고 견디고 지속하는 그 자체로 드러나는 것들을 거듭 헤아렸다.

여전히 나는 무언가를 무릅쓰고서야 그에 대한 사랑을 발견한다. 설령 대상이 나 자신이나 가족일지라도. 그러므로 엄마 아빠 그리고 동생에게 다시 한번 연중무휴의 사랑을 전한다. 우리는 서로를 세상에서 가장 잘 견뎌왔고 앞으로도 그럴 것이다. 다정을 애쓰면서도, 때로 실망과 미움과 시행착오를 거치며 서로를 끝내 버티어낼 것이다. 얼마 전 내 생일은 나의 할머니, 명재의 발인이기도 했다. 출간 소식을 전할 때마다 목련처럼 피어나던 명재의 얼굴이 봄볕마냥 선명하다. 그 얼굴을 떠올리면 가슴께에 화상을 입는 것만 같다. 벌게진 명치를 내버려둔다. 할머니는 이제 거기 있다. 할머니, 나는 남은 나날 할머니의 빈자리를 열심히 견뎌낼 거야.

　　동거인인 영훈과 모든 걸 나누고 싶다. 내가 가진 것과 가지게 될지 모르는 것, 심지어 가지지 않은 것마저도. 그와 살며 몇 년 동안 고민해온 '우리의 감각'은 이 책의 바탕이자 내가 글을 대하는 태도가 되었다. 그는 그 누구보다 나를 지지하는 동시에 내가 나이고자 할 때 그 누구보다 나와 부딪힌다. 이따금 우리 관계는 상처 입을 가능성 그 자체로 보이기도 한다. 영훈과 살며, 나는 나를 나이게 하는 것과 너를 너이게 하는 것은 우리를 우리이게 하는 것과 충돌한다는 걸 꾸준히 배워왔다. 각자를 책임지는 방식만으로는 우리가 될 수 없다는 것과, 오랫동안 나를 나이게 하는 것을 고민해왔지만 그게 혼자가 되고 싶다는 뜻은 아니었다는 것도. 어쩌면 충돌 자체가 관계의 증명이 아닐까. 별수 없이 우리로 사는 법을 연구하면서 자주 솔직함에 대해 생각한다. 후련함에 그치는 게 아닌, 내가 가진 빈틈을 정직하게 수긍하는 솔직함에 의해서 영훈과 나는 비로소 '우리'가 되는 거 같았으니까.

우리, 우리를 주어로 한 문장을 계속해서 만들어가자.

책에는 내 이름이 쓰이겠지만 그 옆에는 쓰이지 않은 수많은 이름 역시 함께 있다. 그 이름들은 언젠가의 해변을 떠올리게 한다. 나는 바다에 들어가기보다는 모래사장을 맨발로 걸으며 바다를 보기 좋아한다. 모래는 부드러우면서 까슬하다. 건조하면서도 축축하고, 뭉쳐지다가도 쉬이 흩어진다. 때론 성가시게 몸과 머리에 들러붙는다. 그러다가도 불현듯 그것들이 만들어낸 풍경이 눈부시게 반짝여서, 나는 홀린 듯 해변에 앉아 한 줌의 모래를 헤아린 적이 있다. 어디에선가 밀려든 각기 다른 수많은 조각을 하나하나 세어보고 싶어서였다. 그러다 보면 어떤 걸 알게 될 거라는 듯이. 아무리 헤아려도 다 헤아릴 수 없다는 걸 알게 될 뿐이었지만, 지금 생각해보면 그저 나는 나 역시 그 풍경의 일부분인 게 좋았던 것 같다.

나 혼자서는 원하는 모습에 가닿을 수 없다는 게 언제나 커다란 위안이 된다.

2023년 봄
임지은

헤아림의 조각들

©임지은, 2023

초판 1쇄 발행 2023년 5월 24일
초판 2쇄 발행 2023년 6월 5일

지은이 임지은

펴낸곳 (주)안온북스 펴낸이 서효인·이정미 출판등록 2021년 1월 5일
제2021-000003호 주소 서울시 마포구 월드컵로14길 28 301호
홈페이지 www.anonbooks.net 인스타그램 @anonbooks_publishing
표지 사진 김정인 디자인 박연미 제작 제이오

ISBN 979-11-92638-11-9 03810